中京大学文化科学叢書　第19輯

教養小説、海を渡る

杉浦清文
武井暁子
林　久博

目次

序章

教養小説とは何か

林　久博

デュッセルドルフにあるゲーテ博物館。フランクフルト、ワイマールと並んで、ゲーテ関連の重要な博物館の一つ。

教養小説の一般的理解

文学に関心のある人なら、一度は「教養小説」(Bildungsroman) という術語を聞いたことがあるだろう。この文学ジャンルで描かれるのは主人公の成長過程である。主人公は幼年期から青年期へ成長するに従い、周囲との緊張関係に身を置くようになり、様々な挫折や失敗を経験する。また友人や恋人、あるいは指導者に触発され、主人公は成長を遂げていく。これが一般的に考えられている教養小説観である。

「教養小説」という文学用語は文学研究者のためだけの用語ではなく、広く一般読者に向けて使用されてもいる。新聞や雑誌の書評欄でもこの用語は時折見かけることがある。「教養小説」はもともとドイツ語の Bildungsroman の翻訳語であるが、「ビルドゥングスロマン」というカタカナ表記でさえ散見される。

Bildungsroman というドイツ語についても説明しておくと、これは Bildung と Roman の合成語である。ちなみに Bildung と Roman の間にある <s> は、名詞と名詞を接合させる接着剤の役割を果たしているにすぎない。よく「ビルドゥングス・ロマン」と区切った表記も見られるが、それは間違いである。

Bildung と Roman という単語について簡単に説明しておこう。Bildung とは動詞 bilden（形成する）の名詞形で、本来、「自己形成」を意味している。しかし、それに「教養」という訳語が当てられ、今日に至っている。[1]（なお本章と第一章では文脈に合わせて、Bildung という語に「自己形成」または「教養」の訳語を当てている。また類語の Ausbildung には「人格形成」の訳語を当てている。）もう一方の Roman であるが、これは「小説」、特に「長編小説」を意味している。「教養」と言えば、今日では「読書などの知的媒体を通じて幅広い知識を獲得すること」の意味で使われているので、Bildungsroman に「教養小説」という訳語を当てることは、実は相応しいことではない。「自己形成小説」とでも訳した方が、実際はドイツ語の原語に適っている。だが、本書では通例に従って「教養小説」と訳しておくことにする。

さて、事典や辞書では「教養小説」はどのように定義されているのだろうか。まずはそれを確認しておこう。『ブリタニカ国際大百科事典』では、以下のように説明されている。

主人公がその時代環境のなかで種々の体験を重ねながら、人間としての調和的自己形成を目指して成長発展していく過程に力点をおいた小説。特にドイツ文学に顕著な傾向で、長篇小説の主流をなす。源泉は遠く中世にまでさかのぼり、ウォルフラム・フォン・エシェンバハの叙事詩『パルツィファル』（一二〇〇―一〇頃）をはじめ、グリンメルスハウゼンの『ジンプリチシムス』（一六六九）、ウィーラントの『アーガトン物語』（一七六六〜六七）などがある。このジャンルの規準になったのは、ゲーテの『ウィルヘルム・マイスター』（二部、九五〜一八二九）で、ケラー『緑のハインリヒ』（初稿五三〜五五）、シュティフター『晩夏』（五七）、T・マン『魔の山』（一九二四）、ヘッセ『ガラス玉演戯』（四三）などが代表的な作品。[2]

次に『マイペディア』での定義を見てみよう。

Bildungsroman（ドイツ）の訳語。ある人間の修業、遍歴を、主として人間形成の角度から描き出した小説。十九世紀初頭ドイツに興り、ドイツ文学の伝統的ジャンルとなった。［……］ゲーテの〈ウィルヘルム・マイスター〉をその典型とし、グリンメルスハウゼンの〈ジンプリチシムスの冒険〉、ケラーの〈緑のハインリヒ〉、ヘッセの〈ガラス玉演戯〉、T・マンの〈魔の山〉などの作品があり、中世の〈パルチファル〉なども含めて考えられる。[3]

最後にもう一つ、事典ではなく辞書を見てみよう。『大辞泉』にはこうある。

伝記の形式をとりながら、主人公の人間形成の過程を描き、人間的価値を肯定する小説。ドイツに主流があり、ゲーテの「ヴィルヘルム＝マイスター」、ケラーの「緑のハインリヒ」、フランスではロマン＝ロランの「ジャン＝クリストフ」などが代表作。[4]

これらの定義で明らかなのは、教養小説が人間の成長過程を扱った小説であること、そしてドイツ文学に顕著な文学ジャンルである、ということである。確かに教養小説は、その名称の起源が示す通り、ドイツ文学に著しく認められた小説群であることは間違いなく、その著しさ故に、教養小説がドイツ文学の本質的特徴を体現するジャンルとして捉えられることも少なくない。イギリス人のドイツ文学研究者ロイ・パスカルは、自国の小説とドイツの小説を比較しつつ、「小説のドイツ種」[5]として教養小説を挙げている。その他にも、教養小説をドイツ文学における特徴的ジャンルと見なす研究者は多く、例えば「教養小説は特にドイツ文学の中で大きな役割を演じ、世界文学という偉大な小説創造に対するドイツの貢献である」[6]とか、「まぎれもなく民族的な刻印を帯び、それは独特で特異なことだが、他のどの民族にも認められない小説形式がドイツ教養小説である」[7]と述べられたりしてきた。

ドイツ文学史において教養小説は特別な比重を持ち、ドイツ語圏の作家たちが自作を自分なりのやり方で教養小説に仕立てようとしてきたことは事実である。トーマス・マンは『ヴィルヘルム・マイスターの修業時代』（一七九五—九六、以下『修業時代』と略記）のような伝統的教養小説を意識しつつ、それを「解体」[8] しようとして『魔の山』（一九二四）を書いた。ペーター・ハントケは『長い別れを告げる短い手紙』（一九七二）において、第一部と第二部の冒頭に教養小説の一つと言われるカール・フィリップ・モーリッツの『アントン・ライザー』（一七八五―九〇）を引用し、さらに、アメリカ横断中の主人公に、同じく教養小説の代表作であるケラーの『緑のハインリヒ』（初稿一八五四―五五、第二稿一八七九―八〇）を読ませている。そうすることによってハントケは、教養小説への接近を図っている。ウラ・ハーンの『隠された言葉』（二〇〇一）でも、主人公の少女が『緑のハインリヒ』を引き合いに出しながら演説するシーンがある。

教養小説はドイツ文学において大きな比重を占めており、それ故に、その枠内で最も多く議論され、研究されてきた。そのような理由から、ドイツ文学でなされてきた教養小説の研究成果を、以下に見ていくことにしたい。

教養小説という術語の成立

教養小説という術語の規定に関して、最大の影響を及ぼしたのは間違いなく哲学者ヴィルヘルム・ディルタイである。彼は十九世紀末から二〇世紀前半にかけて、教養小説について何度も発言してきた。以下に三つのディルタイの言葉を引用しておくが、これらの言葉から教養小説を理解するための大きな枠組みが決定されていった。

まず最初に紹介するのが『シュライアーマッハーの生涯』（一八七〇）からの言葉である。彼が初めて教養小説に言及した箇所とされている。

私は『ヴィルヘルム・マイスター』の流れを汲む小説を［……］教養小説と名付けたい。ゲーテの作品は、様々な段階、様々な形、様々な人生の時期における人間の自己形成を示している。[9]

次に彼の『体験と創作』（一九〇五）の言葉である。この中で彼は教養小説の独自性を次のように説明している。

『ヴィルヘルム・マイスター』から『ヘルペルス』に至るまで教養小説が描いているのは、当時の若者がどのようにして幸福な薄明の中で人生へと踏み出し、自分と似通った魂を探し求め、友情や恋愛に遭遇するのかであり、しかしながら、どのようにしてその若者が世界の厳しい現実との戦いに陥り、様々な人生経験を積んで成熟していき、自分自身を見出し、世界における自分の使命を自覚するのか、ということである。[10]

最後にもう一つ、同じく『体験と創作』からの引用である。

今日、当時のドイツ教養小説のすべての成果がまとめられているジャン・パウルの『生意気盛り』や『巨人』を読む者には、これらの古い書物の一枚一枚から、過ぎ去った世界の息吹や、人生の曙光の中で存在することの神々しさ、制限された生存に対する感情の果てしない蕩尽、若いドイツの魂における、暗く夢のようにまだ覆い隠されている理想の力が迫ってくるのである。[11]

以上の三つのディルタイの言葉から、教養小説の最大公約数的な規定が生み出されることになる。一つ目の引用によって、「教養小説の代表作」＝『修業時代』と図式化されることになる。二つ目の引用によって、ある種のハッピーエンドで物語が締めくくられることが教養小説の既定路線となる。三つ目の引用で重要なのは、最初の箇所、つまりディルタイが実にさりげなく「ドイツ教養小説」と呼んでいることである。あたかも「ドイツ」と「教養小説」が不可分の関係にあるように見なされる傾向が、すでにここで生み出されている。『シュライアーマッハーの生涯』や『体験と創作』の中で、ディルタイは「教養小説」という言葉を学術用語として規定しようとしたわけではないが、こうした彼の三つの理解の仕方は現代にまで受け継がれている。

さて、これまでディルタイの三つの引用を紹介したが、彼が始めて「教養小説」という述語を使用したわけではない。それはよく知られているように、文学教授カール・モルゲンシュテルンによってであった。彼は一八一九年の講演「教養小説の本質について」において、『修業時代』のような新しいタイプの小説を「私の知るところでは、これまでは通常は使われてこなかった教養小説という言葉で呼ぶ」[12]ことを提案し、次のように述べた。

『ヴィルヘルム・マイスターの修業時代』の課題は、その内的な資質と外的な関係の相互作用を通じて、次第に自然に即して自分自身を形成していく人間を描写すること、それ以外の何物でもないように思われる。この自己形成の目標は完璧な均衡であり、自由を備えた調和である。[3]

「教養小説」という述語の創出、および『修業時代』を教養小説の原テクストと見なすこのような言及は、一九六一年になってフリッツ・マルティーニによって発見された。[14]それまでの約一四〇年の間、モルゲンシュテルンの発言は忘れ去られていたのである。

モルゲンシュテルンとディルタイの間の約五〇年間に、「教養小説」という述語が小説理論書などで使用された形跡は、今のところ確認されていない。ただこの空白期間に「教養小説」という名称こそ使われていないものの、『修業時代』＝「主人公の自己形成《ビルドゥング》を扱った革新的な物語芸術の模範」という図式は生き続ける。例えば、それはカール・ローゼンクランツの『小説入門』（一八二七）やテオドーア・ムントの『現代文学の歴史』（一八四二）に見て取ることができる。[15] こうした図式に対して、ようやく適切な名称を与えたのがディルタイだったというわけである。

教養小説に関する代表的な研究論文

次に、教養小説についての代表的研究成果をいくつか紹介しておきたい。それによって教養小説の輪郭が明瞭になってくるはずである。ただその前に、教養小説の類概念である発展小説（Entwicklungsroman）、教育小説（Erziehungsroman）との相違点を説明しておきたい。

多くの二次文献においては、教養小説と発展小説の概念上の相違が議論の対象となり、この二つと似た意味で使われている教育小説は考察の対象から除外されている。まずはこのことから説明しておこう。

教育小説において問題となるのは、教育機関によって前もって与えられた目標へ向けて主人公を発展させることである。教育小説は「教育的な問題を議論し、教育形態を思考的にデザインし、またはそれを模範的に具体化させる、強度に教訓的なジャンル」[16]と理解されている。その代表例は、ルソーの『エミール』（一七六二）である。彼はこの小説で、実験的な試みと教育者のバックアップによって、教え子が段階的に成長した後で目標へ到達する、という教育モデルを描いている。他にも、ペスタロッチの『リーンハルトとゲルトルート』（一七八一―八七）が教育小説として挙げられることが多い。

さて、教養小説の代表的な研究紹介へと移ろう。教養小説と発展小説の違いを明確化した論考として有名なのが、メリッタ・ゲルハルトの著書『ゲーテの《ヴィルヘルム・マイスター》に至るまでのドイツ発展小説』である。

ゲルハルトによると、発展小説は「その道程の前提と目標がどんなものであれ、個人がその都度向けられる世界と対決し、徐々に成熟し、世界へ同化していくという問題を主題にしているような物語作品すべて」[17]である。それに対して教養小説は、歴史的な観点から「ゲーテとゲーテ以後の時代の作品」[18]として捉えられ、そこでは個人の発展が「解体された秩序と揺さぶられた規範の時代」[19]を背景にした新たに解決されるべき課題、つまり「自分の生に目標と形式を見出すという課題」[20]をめぐって展開される。

ゲルハルトはまず最初に、十三世紀から十八世紀までの長編小説――ヴォルフラム・フォン・エッシェンバッハの『パルツィヴァール』（一二一〇頃）、グリンメルスハウゼンの『ジンプリツィシムスの冒険』（一六六九）、ヴィーラントの『アガトン物語』（一七六六―六七）――を考察対象とする。ゲルハルトはこれらの作品を「発展小説」と位置付け、ゲーテの『ヴィルヘルム・マイスター』という「教養小説」と区別している。パルツィヴァール、ジンプリツィシムス、そしてアガトンという各作品の主人公が、それぞれ違いがあるにしても、ともに見えないところで使命を課され、目標が定められているのに対して、ヴィルヘルム・マイスターに至って初めて「自分の生に目標と形式を見出すという課題」が問題とされる。つまり、目指す目標の有無が、「発展小説」と「教養小説」を区別する決定的な要因となる。

現在では両ジャンルを同一に扱うことの方が優勢[21]なのだが、教養小説と発展小説の違いを明確化したゲルハルトの見解は、いまなお一定の支持を得ている。

さて、教養小説は歴史的に見てどのように成立したのだろうか。この疑問に対してE・L・シュタールは、きわめて示唆に富む研究報告を行っている。シュタールの著書『宗教的教養《ビルドゥング》理念と人文主義哲学的教養《ビルドゥング》理念』の概要を以下にまとめておこう。

シュタールはまず最初に、bilden（名詞形はBildung）という言葉の詳細な調査から出発する。bildenという言葉は、ラテン語のformareの翻訳語である。formareは宗教的な背景を持った言葉で、「神との似姿性へ向けての［……］更新」[22]を意味していた。シュタールはこの宗教的な意味が付与された教養《ビルドゥング》を「宗教的教養《ビルドゥング》理念」と呼び、その理念を「神の恩寵によって直接的に、または秘跡（特に聖餐式）の媒介によって生じた、人間における神の似姿性への回復」[23]と定義づける。しかし十八世紀になると、教養《ビルドゥング》という語に新しい意味が与えられることになる。疾風怒濤期や古典主義時代の作家・思想家たちは、この語に「人間に与えられた資質の拡張」[24]という意味を見出すようになったのである。これをシュタールは「人文主義哲学的教養《ビルドゥング》理念」と名付けている。前者の教養《ビルドゥング》理念には「キリスト模倣」「慈悲の仲介」「彼岸志向」が含まれていたが、後者では「全体へと向かう衝動」「個人主義」「この世での実現」という意味が付け加わり、前者に取って代る。[25]このような教養《ビルドゥング》の意味変化に従って教養小説が生まれるのである。シュタールは次のように述べている。

> 十八世紀には二つの領域が確認されており、その領域において教養《ビルドゥング》という言葉は特に頻繁に用いられた。その一つは敬虔主義の宗教的領域であり、それから教育的で、心理学的で、自然科学的な方面にも向けられた人文主義哲学の領域である。この二つの領域から教養小説は生まれている。しかも、我々が知っているような教養小説が成立しうる前に、宗教的教養《ビルドゥング》思想は、人文主義哲学的教養《ビルドゥング》理念の意味において修正されねばならなかった。宗教的教養《ビルドゥング》思想が人文主義哲学的教養《ビルドゥング》思想へ変化することによって、理念の複合が生まれ、その理念の複合

が、教養小説において文学的に形成される小説への道を見出すのである。[26]

つまり、宗教的・人文主義哲学的な教養《ビルドゥング》理念の複合と変容によって、教養小説が生まれるための前提が整えられたということである。これに続いてシュタールは、形式面での教養小説の起源について次のように述べている。

形式的な面から見れば、ドイツ教養小説には二つの起源がある。ひとつは宗教的告白書と「新たに」「生まれ変わった」人間の自伝的手記であって、もうひとつは［……］ドイツでも度々親しまれ、今や教養小説へと深化している冒険小説である。

我々は、二つの流れが合流しているというドイツ教養小説の起源について考えなければならない。宗教的告白書からは教養《ビルドゥング》の理念やその思考、および（初期には）成長過程の雛形が受け継がれた。―冒険小説からは、事件、筋の展開という素材的要素が受け継がれた。

しかしながらその場合、教養《ビルドゥング》の理念が単に冒険小説に入り込んで、教養小説の根源が「宗教的告白書＋冒険小説＝教養小説」というように公式化されうるのではない。告白書ならびに冒険小説がともに変容したあとで初めて教養小説が生まれた、ということを忘れてはならない。宗教的告白書においては世俗化と主体化のプロセスを通じて、冒険小説においては内面化と心理学化のプロセスを通じて、教養小説は生まれたのである。冒険小説がまさしく教養小説になる前に、宗教的イデオロギーが冒険小説の中にときおり現れてくるようになる。宗教的要素が、一種の教養《ビルドゥング》という傾向を冒険小説へもたらすのである。[27]
シュタールによれば、宗教的告白書と冒険小説の複合と変容こそ教養小説の形式的な起源ということになる。もちろん、その他の文学形式からの影響、例えば、自伝や教育小説なども教養小説の成立にとって欠かせないのだが、この二つが重要な要素であることを指摘したシュタール指摘は、今なお示唆に富むものである。[28]
さて、これまで代表的な研究成果を見てきたが、これらを踏まえ、教養小説の成立事情をまとめておきたい。

教養小説が生まれる歴史的背景

まずはBildung（自己形成、教養）という言葉から考えてみよう。先程もシュタールが述べていたように、これは本来、自己を神と同一化するために用いられた言葉であった。しかし、疾風怒涛期や古典主義時代の作家や思想家によって、「人間に与えられた資質の拡張」という意味がこの言葉に与えられることになる。哲学事典や歴史事典のBildungの項目をのぞいてみても、この理念の形成に関わった人物として、ゲーテ、シラー、ヘルダー、フィヒテ、フンボルト、カント、ブルーメンバッハなど十八世紀末から十九世紀初頭にかけて活躍した作家や思想家の名前が登場する。彼らの自己形成《ビルドゥング》の理念については多くの研究書があるので、ここでは詳しく言及しない。

　先程のシュタールの説明で見てきたように、神への追従から人間の内的な自己変革を重視する方向で自己形成《ビルドゥング》という語が十八世紀末に捉え直され、時代を象徴するキーワードとなっていく。では、なぜ十八世紀にこの語がこのような意味でことさら強調されることになったのであろうか。この疑問を解明するためには、自己形成《ビルドゥング》が必要とされる歴史的背景について述べておかなくてはならない。[29]

　近代社会と比べて中世社会を特徴づけるものは、個人的自由の欠如である。当時、人は誰でも社会的秩序の中で自分の役割に縛られていた。一つの階級から他の階級へ移るような機会は、人々にはほとんど与えられておらず、規則や義務に縛られ、個人が自由に活動する余地はなかった。つまり、強固な身分制に縛られた社会なのであって、例えば、仕立て屋の息子は仕立て屋、靴屋の息子は靴屋といった具合に、将来の職業が生まれたときから決められていたのである。

　ただ、中世の人間は近代的な意味での自由はなかったが、孤独ではなく孤立していなかった。

人々は生まれたときからすでに明確な固定した地位を持ち、全体の構造の中に根を下ろしていた。社会的秩序は自然的秩序と考えられ、社会的秩序の中で明確な役割を果たせば、安心感と帰属感が与えられた。要するに、生まれながらにして自分が就く職業があらかじめ決められているので、将来のことについてあれこれと思い悩む必要がなかったのである。

ところが十八世紀後半になると、人々は経済活動によって力を蓄えていくことになる。経済的に貴族を凌ぐ商人も登場し始める。やがて君主制体制下で中央集権化が進むと、「下級官吏、弁護士、公証人というかたちでこれまで貴族をはじめとする一部の特権階級が世襲してきた要職への門戸が市民層にも部分的にひらかれる」[30]ことになった。つまり、十八世紀後半には、自分の出自に制限されず、本人の力次第で、上の身分の人に与えられた職業に就くことが可能となったのである。

こうした背景をもとに力を蓄えた市民層は、生まれつきの身分によって特権的な地位が与えられている貴族などに対して、新しい社会層として自らを規定する必要に迫られた。自分たちの特色を規定しようというその努力は、さらに人間を新たに規定し直そうという姿勢へと向かっていくことになる。以前は、人は神によって望まれた秩序の中に生まれ落ち、その場所であらかじめ決められた社会的な立ち位置を取る、というイメージが人々には刻み込まれていた。だが、そうしたキリスト教的な啓示を用いての自己確認は、市民階級にはもはや意味を及ぼすことはなかった。生は神によってあらかじめ決められているのではなく、「私」という個人の力によって変化し、形成されるものとなったのである。

生を自らに引き受け、自己実現の可能性を探るという課題が自らに課されることになったわけだが、それは中世とは異なって、決定が上からではなく自分自身に委ねられたということを意味する。人生はその個人に責任があるという考え方は人類学的に新しいもので、当時の人々には、孤立感、戸惑いをもたらした。こうした時代の要請に従って自己形成《ビルドゥング》の理念は、十八世紀後半に重要性を増していったのである。

自己形成《ビルドゥング》への要求、つまり宗教に頼らないで自分の力で「自分の生に目標と形式を見出す」[31]という市民階級の要求に対して、作家たちが敏感に反応し、これまでの文学の伝統的形式を引き継ぎつつも更新した新しい文学形式が「教養小説」であると言える。そして、これまで見てきたように、「自分の生に目標と形式を見つける」という課題が中世になかったことを考えれば、教養小説は十八世紀以降に始まったジャンルであると言うことができる。

このような観点から、教養小説と発展小説がともに長い期間にわたって主人公の成長を描くという点で同じであるが、「自分の生に目標と形式を見つける」という課題の有無によって、この二つのジャンルは区別することができる、と言えるだろう。もちろんこれは一つの考え方であり、両者を同一視する見解もあることは前に示した通りである。

さて、教養小説が目指す、自分の生に「目標と形式」を見出すこと（つまり、自分は何のために生きていて、どのような生き方をすればよいかを認識すること）は、実際、簡単なことではない。いやそれどころか、これは我々にとって永遠の課題であると言ってよいだろう。また、その際に考えなくてはならないのは「社会」との関連である。人は社会的な存在であるが故に、社会の中で自分の「目標と形式」を見出さなくてはならない。だが、ここで問題が生じる。自分の願う「目標と形式」が必ずしも「社会」に受け入れられるとは限らない。それにもかかわらず、作家たちはそれぞれの方法で、「私」として孤立した「自我」と「社会」の間の対立を乗り越えようと試みるのである。こうした課題が教養小説で描かれることになる。

教養小説の最大公約数的な構成要素

もちろん、こうした課題を扱っている小説すべてが教養小説というわけではない。どの小説においても、このような課題は多かれ少なかれテーマとされているからである。教養小説とこれに類似したテーマを持つ小説との違いは、その構成要素にある。

当然のことだが、教養小説の主人公は自己形成《ビルドゥング》を必要としていなければならない。それはつまり、主人公は未熟な存在として設定されていなければならない、ということを意味している。完成されておらず、成長へと開かれた若い主人公が教養小説には必要である。

これ以外の点で教養小説の構成に関して言えることは、主人公の幼年時代から青年時代に至るまでの比較的長い人生を扱っているということであり、それを長い時間をかけて読者に提示しているということである。主人公の人生が長い時間をかけて扱われるわけであるから、当然、多くの人に共通して起こりうる事件、例えば恋愛、指導者との邂逅、危機との直面などが描かれることになる。ヤーコプス／クラウゼは「教養小説の主人公の典型的な経験は、家族との対決、メンターや教育機関の影響、芸術との出会い、エロティックな魂の冒険、職業における自己鍛錬、ときに公的・政治的な生活への接触である」[32]と述べている。またオルトルート・グートヤールは、市民社会で自分の居場所を探す英雄的ではない普通の若者が主人公でありながら、同時にその主人公が強い感受性と自己反省能力を持ち、エロティックな要素や失望や過ちを経て段階的な発展を遂げていくと述べて、異性との出会い、失敗や過ちが教養小説の重要な構成要素であると指摘している。[33]

これらの構成要素が欠けていた場合、教養小説とは見なされない、ということはもちろんない。教養小説的な構造を持つ小説では上記の要素が多く描かれるという、単なる指標に過ぎない。こうした構成要素の中で主人公の自己形成《ビルドゥング》の過程が描かれるわけだが、作品の結末部に至っては、いくつかのヴァリエーションがある。それを分類することによって、教養小説をより詳しく知ることができるだろう。これについての具体例は、本書の第一章以降示されることになる。

教養小説研究の今後

以上、教養小説の最大公約数的な定義を述べてきた。次に、最近の教養小説研究で指摘されている点をいくつか挙げておきたい。

まず一点目。主人公が人生経験を積んで成長し、自分自身を見出すという、ディルタイに由来する教養小説のポジティブなイメージが長く定着していたが、それはすべての作品に当てはまるわけではない。ゲロ・フォン・ヴィルパートの『文学事典』（一九五五）を見てみたい。ここでは「教養小説」は以下のように定義されている。全文を和訳しておく。

> 発展小説の変種。その中心にあるのは、主人公（Held）が人生の巡り合わせの中で成し遂げた人格的・性格的な発展というよりは、むしろ精神的な成熟を促すための、客観的な文化財が及ぼす影響や、個人を取り巻く環境が及ぼす影響であり、それによって総合的人格へ向けて精神的資質（性格、意志）を発展させ、調和的な人格形成《アウスビルドゥング》を行うことにある（例えばゲーテの『ヴィルヘルム・マイスター』）。大抵は教育小説、発展小説と混ざり合う（T・マン『ファウスト博士』、H・ヘッセ『ガラス玉遊戯』）。[34]

この教養小説の定義には、ディルタイ的な古い定義が反映され、主人公の調和的な人格形成《アウスビルドゥング》が強調されている。しかし、同じ事典の二〇〇一年度版では、この内容は補足・修正されている。

一八〇三年にK・モルゲンシュテルンによって作られ、一八七〇年にW・ディルタイによって広められた名称であり、発展小説のドイツ特有の変種を表すために用いられた。その中心にあるのは、若き主人公(Held)が人生の巡り合わせの中で成し遂げた人格的・性格的な発展というよりは、むしろ内的・精神的な成熟を促すための、客観的な文化財(学校、大学、文学、劇場、芸術など)が及ぼす影響、精神的な経験や過ちや幻滅が及ぼす影響、個人を取り巻く環境が及ぼす影響であって、それらの影響によって、責任感があり博愛的な総合的人格へ向けて精神的資質(性格、意志)を発展させ、調和的な人格形成《アウスビルドゥング》を行うことにある(例えばゲーテの『ヴィルヘルム・マイスター』)。境界のはっきりしない形で、教養小説は、大抵は教育小説、発展小説、芸術家小説と混ざり合う。自己形成《ビルドゥング》の過程は、自然に適ったプロセスとしては、大抵、若者らしい自己中心性、経験による意識の明確化、調和的な完成の意識化という三つの段階を経たのち、世間への編入、社会化へと至る。この小説形式にとって主題となる自己形成《ビルドゥング》のプロセスは、その都度、その時代にとって特徴的な自己形成《ビルドゥング》の理念を反映しており、調和的に終わるとは限らない。それは失敗に終ったり、突然打ち切られることもありうる(アンチ教養小説）。二〇世紀になると、教養小説の構成要素を引き継いでいるものの、部分的に自己形成《ビルドゥング》の問題性を風刺する教養小説や、理想主義的なゲーテの教養小説の形へと導こうとする締め付けに対して、それを打開していく教養小説も見られるようになる。[35]

前半部分は少し補足されているものの、ほとんど変わらない。それに対して、後半部分は大きく付け足されている。教養小説ではその時代にとっての特徴的な自己形成《ビルドゥング》の形が示されること、また主人公にとって都合の良い結末を迎えるとは限らない、ということが述べられている。

『ドイツ文学事典』（一九九七）のユルゲン・ヤーコプスの解説でも、「教養小説」の項目は以下のように説明されている。

中心人物（zentrale Figur）が、過ちや危機を通して、自己発見と社会への活動的な融合へと至る道程を記述する小説的描写。世間との調停へ通じている結末は、しばしばイローニッシュな保留、または挫折とともに記述される。しかし、こうした結末は、目的として、または少なくとも要請として、「自己形成《ビルドゥング》の物語」（普通は精神的—芸術的な活動をしている人間）の必然的な構成要素である。[36]

この新しい定義では、調和的な結末へ至るという定義は修正され、保留や破綻もまた教養小説の結末の一つであるという方針が示されている。クラウス－ディーター・ゾルクも『挫折した目的論』（一九八三）の中で「教養小説はその根本テーマを未解決で完結しえない議論としてしか扱うことができない」[37]と述べ、「私」と「社会」の間で繰り広げられる葛藤の未解決性がこのジャンルを決定していると見なしている。「教養小説は調和的結末で終わるとは限らない」という定義は、現在では定着していると言える。なお、その具体例は、今後本書で詳しく解説されることになる。

二点目。教養小説はドイツ文学に特徴的なジャンルがあるが、決してドイツ文学の占有物ではないし、教養小説をドイツ文学の独占物にしようとしてきたのは「愛国主義的な文学史のテーゼ」[38]にすぎない。

ドイツ文学以外にも教養小説は存在し、例えば川本静子氏による『イギリス教養小説の系譜』（一九七三）では、イギリスの教養小説が通史的に研究されている。[39]日本文学では、志賀直哉の『暗夜行路』（一九二一―三七）、山本有三の『路傍の石』（一九三七―四〇）、五木寛之の『青春の門』（一九六九―）などが教養小説としてよく挙げられるし、現代でも教養小説は絶え間なく制作され続けている。二〇一五年に直木賞を受賞して話題となった西加奈子の『サラバ！』（二〇一四）などは典型的な教養小説である。この小説では、その誕生から小説を書く決心をするまでの主人公の遍歴が描かれている。「教養小説＝ドイツ的」という見方はもはや古いと言ってよい。モニカ・シュラーダーは、教養小説研究が依然としてディルタイが示した規定に拠り所を求めていて、「根絶しがたいように思われる保守主義」[40]に巻き込まれた状態にあると批判したが、それは正しい。本書での試みは、そういった偏狭な固定観念を脱し、多様な観点から考察を加えることにより、教養小説の広がりを見ていくことにある。

三点目。これまでの教養小説研究では、男性が主人公の教養小説ばかりが研究されてきた。今後は、女性が主人公の「女性的教養小説」も研究されねばならない。ドイツにおける女性的教養小説の始まりと展開について、グートヤールがまとめているので[41]、ここで少し紹介しておこう。

自由な自己探索という意味での自己形成《ビルドゥング》は、二〇世紀後半に至るまでは、ただ男性の成熟過程の中に数え入れられていた。旅行、異性との交際によって経験を積むこと、様々な人生の可能性を試す思春期、そういったものが女性には存在しなかったのである。自己形成《ビルドゥング》は女性にとって、女性に向けられた期待に相応しく自己を形成すること、前もって与えられた道徳規範に従って自己を鍛えることを意味していた。十八・十九世紀の女性作家たちによって家族小説が優遇され、そこでは大抵、結婚と家庭を築くことを目標とする女性的な発展過程がテーマとなった。一九六〇年以降は、性別に付与された役割が社会的に変遷していく様子がはっきりと登場人物の考え方の中に表れ、伝統と結びついた女性観や両親に反対して、自分たちの自己形成《ビルドゥング》の願望を勝ち取る女性の主人公がしばしば描かれるようになる。女性的教養小説としては、例えばクリスタ・ヴォルフの『クリスタ・

Tの追想』（一九六八）やブリギッテ・ライマンの『フランツィスカ・リンカーハント』（一九七四）、さらに最近ではウラ・ハーンの四部作『隠された言葉』（二〇〇一）、『出発』（二〇〇九）、『時代の戯れ』（二〇一四）、『私たちは期待されている』（二〇一七）が挙げられる。女性が主人公のこれらの小説は、今後の教養小説研究でさらに詳しく取り上げられねばならない。

こうした女性的教養小説も注目されるようになって、教養小説の定義にも変化が見られるようになってきた。従来的な「主人公」（Held：男性名詞）という表現を避け、「中心人物」（zentrale Figur）という、男性でも女性でも通用する表現が用いられるようになっているのは、前に見てきた通りである。

四点目。教養小説の対象として、二〇世紀後半と二一世紀の新しいタイプの教養小説も考察の対象とされねばならない。例えば、インターカルチャー的教養小説やポストコロニアル的教養小説を挙げることができる。

ドイツを例に述べてみよう。戦後の「奇跡の経済復興」により労働力不足となったドイツでは、トルコやギリシアなどから大量の移民を受け入れてきた。労働移民たちはドイツに定住し、いまでは人口の二割程度が移民としての背景を持つと言われる。一九八〇年以降、移民としての背景を持つ作家たちによって、ドイツ語による小説が書かれていった。例えばエミーネ・セヴギ・エツダマーやヤデ・カラなどの作家が挙げられる。[42] 主人公たちが「地理的な空間を移動するだけでなく、移住先の〈目的文化〉と対決する中で、自分たちを社会生活に適合させるために文化的コンテクストの変更を迫られ」[43]、二つの文化に挟まれた存在として、新しいアイデンティティーを探すという、これまでにはないタイプの教養小説は、今後も増えてくるであろう。

また純文学という枠から抜け出してみれば、新しいタイプの教養小説の形が、日本の青少年向けメディアに登場していることも報告されている。

「ライトノベル」と呼ばれる少年少女向けのイラスト入り小説に、今日的な教養小説が表れているという指摘が、池田浩士『教養小説の崩壊』の「コレクション版へのあとがき」でなされている。[44] ここで紹介されているのは、時雨沢恵一のライトノベル『キノの旅』（二〇〇〇―）である。エルメスという名の話すことのできるオートバイとともに、主人公キノが様々な場所を旅するというのがこの小説のストーリーである。彼らは同じ場所に三日しか滞在しない。これは『ヴィルヘルム・マイスターの遍歴時代』（一八二一）の中で、塔の結社によって「同じ場所には三日しか滞在できない」という掟を与えられたヴィルヘルムの状態と同じである。このことから、『キノの旅』と教養小説の近親性が感じられる。しかしながらそれ以外の点で、著者の時雨沢は、この小説が従来の教養小説たらんとすることを意図的に拒否しているのである。それは、この小説の形式面・内容面によく表れている。

『キノの旅』は、一話読み切りの短編を数本集めて一冊にまとめる形式をとっている。各短編内では時系列に出来事が進行していくものの、短編と短編の間には時系列のルールは存在していない。それぞれの短編が時間の流れを無視して孤立しているのである。作者はキノの発展を描かないように、つまり伝統的教養小説にならないように、意図的に時系列を崩して物語を進行させているのである。

内容的にもこの小説では反教養小説が貫かれている。キノは常に物語の傍観者であり続け、必要な場合を除いて、他者と関わろうとしない。「不用意に他者と関係をもたないこと、キノにとってのエルメスのように、自分の分身のようなかけがえのない、親友をもつこと、そうすれば、さしあたりは生きのびられる」[45]というモデルが、この小説を支配しているのである。他者と関係性を持つことがなければ、心の葛藤や責任を負うこともない。よって、変化に対する期待も持ちようがない。ここにあるのは「一種のニヒリズム」[46]であって、現在の日本の低年齢層にも、こうした傾向が広がっていることの証拠として、この小説を読むことができる。

また、漫画の中に現代的な教養小説の構図が現れている、という指摘もある。一般的な教養小説では、主人公は異世界に旅立ち、様々な出会いから学び取って成長を遂げていく。一方の現代的な漫画では、そのような典型的な形が見られない、と瀧本哲史氏は指摘している。[47]ここではその代表例として、あだち充の『タッチ』(一九八一—八六)が挙げられている。

主人公の高校生上杉達也は、野球の全国大会(甲子園)出場を目指している。それは、事故で亡くなった双子の弟（和也）の目標であり、好きな女性（浅倉南）が望んだからである。達也はもともとあった野球の才能が開花したこともあり、苦労の末に当初の目標を達成する。和也を乗り越え、南に相応しい男になるという極めて個人的な自己承認が彼の到達点で、甲子園出場以降はスポ根的テーマ（努力して目標に近づこうとするような、伝統的な教養小説のテーマ設定）が揶揄されるようになる。

『タッチ』の影響は極めて大きい、と瀧本氏は指摘する。つまり「平凡な少年がなぜか優れた女性に好かれる」という構図や、「主体的な目標を強制的に選ばされるが、好きな女性に認められるためにそれに打ち込むと、予めあった圧倒的な才能が開花していく」という構図が、これ以降様々な少年少女向けメディアで引き継がれるからである。さらに氏は、こうした「新型教養小説」の隠れたメッセージが、若い読者に対して与える悪影響について指摘する。「自分には人生を変えてくれる人が現れないから行動できないのだ」とか「何かきっかけがあれば自分も本来の（隠された）能力を発揮できるが、いまはそのきっかけがないから行動しない（できない）のだ」という言い訳を抱かせることになりかねないからである。つまり、現実逃避のためのよい口実を与えているのであり、こういった傾向には『キノの旅』と同じ、時代への拒否反応やニヒリズムを読み取ることも可能である。

以上、最近の教養小説研究でよくなされる指摘を挙げておいた。「主人公の成長過程を扱った小説」というのが教養小説の一般的な定義であり、それはそれで間違いないのだが、それだけで済ませられない奥の深いジャンルであることはお分かりいただけたと思う。次章以降は、個別・具体的に教養小説の展開や発展を見ていただきたい。

注

1 池田浩士氏の調査によれば、一九二〇年（大正九年）に刊行された林久男訳『ギルヘルム・マイスタア』の訳者による序文の中に「教養的小説」という言葉が「ビルドウングス・ロマーン」という振り仮名とともに使用されている。おそらくこれ以降、Bildungsroman の訳語として「教養小説」が定着していったのだと推測される。（池田浩士：『教養小説の崩壊』、池田浩士コレクション四、インパクト出版会、二〇〇八年、六頁。林久男訳『ギルヘルム・マイスタア』、岩波書店、一九二〇年、八頁。［『ギルヘルム・マイスタアの修業時代』に就て］）

2 『ブリタニカ国際大百科事典』二、第二版改訂版、ティビーエス・ブリタニカ、一九九三年、三七六頁。

3 『マイペディア』初版、平凡社、一九九四年、三五〇頁。

4 『大辞泉』第二版、小学館、二〇一二年、九五八頁。

5 Pascal, Roy: *The German Novel Studies*. Manchester (Manchester University Press) 1956, S. viii. (Foreword)

6 Seidler, Herbert: *Die Dichtung. Wesen, Form, Dasein*. Stuttgart (Alfred Kröner) 1959, S. 558.

7 Krüger, Herm. Anders: Der neuere deutsche Bildungsroman: In: *Westermanns Monatshefte* 51. 101.1. 1906, S. 270.

8 Mann, Thomas: Lebensabriß. In: *Gesammelte Werke in dreizehn Bänden*. Bd. 11. Frankfurt a. M. (Fischer) 1990, S. 123.

9 Dilthey, Wilhelm: *Leben Schleiermachers*. In: Martin Redeker (Hrsg.): *Gesammelte Schriften*. Bd. 13. Göttingen (Vandenhoeck und Ruprecht) 1991, S. 299.

10 Dilthey, Wilhelm: *Das Erlebnis und die Dichtung*. 8. Aufl. Leipzig/Berlin (B. G. Teubner) 1922, S. 393f.

11 Ebd., S. 394.

12 Morgenstern, Karl: Ueber das Wesen des Bildungsromans. Vortrag, gehalten den 12. December 1819. In: Rolf Selbmann (Hrsg.): *Zur Geschichte des deutschen Bildungsromans*. Darmstadt (Wissenschaftliche Buchgesellschaft) 1988, S. 55.

13 Ebd., S. 66.

14 Martini, Fritz: Der Bildungsroman. Zur Geschichte des Wortes und der Theorie. In: *DVjs* 35. 1961, S. 44–63.

15 Vgl. Gutjahr, Ortrud: *Einführung in den Bildungsroman*. Darmstadt (Wissenschaftliche Buchgesellschaft) 2007, S. 17.

16 Köhn, Lothar: Entwicklungs- und Bildungsroman. Ein Forschungsbericht. In: *DVjs* 42. 1968, S. 434.

17 Gerhard, Melitta: *Der deutsche Entwicklungsroman bis zu Goethes 'Wilhelm Meister'*. Halle/Saale (Max Niemeyer) 1926, S. 1.

18 Ebd.

19 Ebd., S. 160.

20 Ebd.

21 ゲルハルトのように、教養小説と発展小説を明確に分ける研究としては、例えば、ローター・ケーンが挙げられる。ケーンは「(ドイツ)教養小説はゲーテと彼の同時代人の成果であり、いずれにしても、それ以前には内容においても形姿においても、厳密に比較しうる小説は見出せない」と述べて、教養小説を「具体的に歴史的ジャンル」と呼んでいる。もう一方の発展小説をケーンは「いわば超歴史的な構造タイプ」として、教養小説の上位概念と位置付けている。(Köhn, S. 434f.) その一方で、最近の文学事典では両者を同一視するものが多い。つまり、発展小説を調べようとすると「教養小説を見よ」となっている。例えば次の三冊：

Meid, Volker: *Sachwörterbuch zur deutschen Literatur*. Stuttgart (Reclam) 2001.

Reallexikon der deutschen Literaturwissenschaft. Hrsg. von Klaus Weimar. Berlin/New York (Walter de Gruyter) 2007.

Metzler Lexikon Literatur. Begriffe und Definitionen. Hrsg. von Dieter Burdorf, Christoph Fasbender und Burkhard Moennighoff. 3., völlig neu bearbeitete Aufl. Stuttgart (J. B. Metzler) 2007.

22 Stahl, E. L.: *Die religiöse und die humanitätsphilosophische Bildungsidee und die Entstehung des deutschen Bildungsromans im 18. Jahrhundert*. Nendeln (Kraus Reprint) 1970, S. 8. [Reprint der Ausgabe Bern (Paul Haupt) 1934]

23 Ebd., S. 52.

24 Ebd., S. 9.

25 Ebd., S. 4.

26 Ebd., S. 118.

27 Ebd., S. 118f.
28 グートヤールは教養小説を生み出すための補助的な文学ジャンルとして、演劇、書簡体小説、教育小説、自伝を挙げている。Gutjahr, a. a. O., S. 35–39.
29 Bildungが必要とされた歴史的要因については以下を参考にした。エーリッヒ・フロム：『自由からの逃走』（日高六郎訳）、東京創元社、一九九七年。Gutjahr, a. a. O., S. 26–32. 吉田耕太郎：「教養小説の系譜」、『西洋文学――理解と鑑賞――』（森岡裕一編著）所収、大阪大学出版会、二〇一一年、十六―二九頁。
30 吉田、十九―二〇頁。
31 Gerhard, a. a. O., S. 160.
32 Jacobs, Jürgen/Krause, Markus: *Der deutsche Bildungsroman. Gattungsgeschichte vom 18. bis zum 20. Jahrhundert.* München (C. H. Beck) 1989, S. 37.
33 Gutjahr, a. a. O., S. 44–49.
34 Wilpert, Gero von: Artikel „Bildungsroman“: In: *Sachwörterbuch der Literatur.* Stuttgart (Alfred Kröner) 1955, S. 59f.
35 Wilpert, Gero von: Artikel „Bildungsroman“: In: *Sachwörterbuch der Literatur.* Stuttgart (Alfred Kröner) 2013, S. 91. (Sonderausgabe der 8., verbesserten und erweiterten Aufl. 2001.)
36 Jacobs, Jürgen: Artikel „Bildugsroman“. In: Klaus Weimar (Hrsg.): *Reallexikon der deutschen Literaturwissenschaft.* Band I (A-G) . Berlin/New York (Walter de Gruyter) 2007, S. 230. (Originalausgabe 1997)
37 Sorg, Klaus-Dieter: *Gebrochene Teleologie. Studien zum Bildungsroman von Goethe bis Thomas Mann.*

Heidelberg (Carl Winter) 1983, S. 8.

38 Jacobs, a. a. O., S. 232.

39 川本静子：『イギリス教養小説の系譜――「紳士」から「芸術家」へ』、研究社、二〇〇二年（初版一九七三年）。

40 Schrader, Monika: *Mimesis und Poiesis. Poetologische Studien zum Bildungsroman*. Berlin/New York (Walter de Gruyter) 1975, S. 1.

41 Gutjahr, a. a. O., S. 62–69.

42 ドイツの移民文学については以下の文献がある。
浜崎桂子：『ドイツの「移民文学」――他者を演じる文学テクスト』、彩流社、二〇一七年。

43 Gutjahr, a. a. O., S. 69.

44 池田浩士、前掲書、四五九―四六三頁。

45 相川美恵子：「『キノの旅 the Beautiful World』シリーズを読む――ライトノベルズと若い若い読者たち」、池田浩士編『〈いま〉を読みかえる――「この時代」の終わり』所収、二〇〇七年、三三六頁。

46 同上。

47 瀧本哲史：『読書は格闘技』、集英社、二〇一六年、一二〇―一二九頁。

第1章

ドイツ文学における教養小説

林　久博

ゲーテの生誕地、フランクフルトの中心地にあるレーマーベルク。正義の女神ユスティティアが剣と天秤を手にしている。

本章では、ドイツ文学の代表的な四つの教養小説——ゲーテの『ヴィルヘルム・マイスターの修業時代』（一七九五—九六）、シュティフターの『晩夏』（一八五七）、ケラーの『緑のハインリヒ』（第二稿、一八七九—八〇）、トーマス・マンの『魔の山』（一九二四）——を扱い、それぞれの特徴を見ておく。[1] その後、これらの作品から見えてくる教養小説の形態的特徴を述べておく。なお、各作品についての解説する前に、簡単なあらすじを付けておいた。

『ヴィルヘルム・マイスターの修業時代』

あらすじ

主人公ヴィルヘルム・マイスターは豊かな商家に生まれた。彼は演劇に夢中で、女優のマリアーネと深い関係にある。だが、彼女との別れの後、彼は父親に得意先回りの旅に送り出される。その途上で、彼はある劇団員と出会い、自らが出資して劇団を作ることになる。活動も順調に思えたとき、一団は盗賊に襲われる。その際、彼はある女武者に介抱される。

ヴィルヘルムはある劇団に身を寄せる。そのとき彼はある女性から、自分を捨てた不実な男性に手紙を渡してほしいという依頼を受ける。彼が実際にその男（ロターリオ）に会ってみると、逆にこの男に感銘を受けた。これを機に、彼は演劇の世界を離れる決意をする。

再びロターリオを訪れたヴィルヘルムは、理想的な社会建設を目指す「塔の結社」に迎え入れられる。結社はかつてマイスター家と仕事上の付き合いがあった。それ以来、結社はヴィルヘルムに目を付け、通りすがりを装って彼に忠告を与えてきたのである。また、彼とマリアーネの間に子どもがいたことも結社によって明らかにされる。

幼子のためにも母親を必要としたヴィルヘルムは、結社と行動を共にするテレーゼに求婚する。しかし様々な事情から、ロターリオはテレーゼと結ばれる。一方のヴィルヘルムは、ロターリオの妹で、かつて自分を介抱してくれた憧れの女武者ナターリエと結婚する。

『修業時代』の理想化と相対化

『修業時代』は、戦前は――序章で述べたように――ディルタイの教養小説定義に大きく影響を受けて、教養小説の正典として限りなく理想化されてきた。マックス・ヴントは『ゲーテのヴィルヘルム・マイスターと近代的な生の理想の発展』（一九三二）において、教養小説を作り出したのはヴィーラントの『アガトン物語』であるが、ゲーテの『修業時代』が「このジャンルのあらゆる形式を自分の意のままにしている」[2]と評価した。メリッタ・ゲルハルトは『ゲーテの《ヴィルヘルム・マイスター』に至るまでのドイツ発展小説』(一九二六)の中で、『修業時代』を教養小説の先駆けと見なし、「ナターリエとの結婚と彼女の兄弟やその友人たちとの結びつきによって、自己の本性の調和的な人格形成《アウスビルドゥング》を求めようとするヴィルヘルムの努力が実り、彼が通り抜けてきた生の見通すことのできない多様性が、形成的な統一へと統合されていく」[3]と述べた。

確かにヴィルヘルムは、様々な経験を通して自己形成《ビルドゥング》を行う。だが果たして「調和的な人格形成《アウスビルドゥング》を求めようとするヴィルヘルムの努力が実った」と何の保留もなく言っていいものだろうか。この作品を詳しく読んでみると、彼の自己形成《ビルドゥング》に対する違和感を、誰もが感じるはずである。

例えば、ヴィルヘルムが加入することになる塔の結社に差別的側面があることは、作品を読めば容易に見て取ることができる。ミニヨン、竪琴弾きなど、自分たちの役に立たない人物を結社は邪魔者扱いしている。そのような団体に参加する彼に対して「調和的な人格形成《アウスビルドゥング》の努力が実った」などと言うことはできない。そもそも、結社が支所を世界各地に作ろうとするのは、万が一、革命が起きた場合に備えて、自分たちの私有財産を分散させておくためであって、この点では非常に利己的な組織なのである。

戦前の理想化された評価とは異なって、戦後になるとこうした違和感を取り入れた批判的評価が増えてくる。クルト・マイはそのものずばり「『ヴィルヘルム・マイスターの修業時代』、教養小説?」(一九五七)という挑発的タイトルを掲げた論文を出して、「『修業時代』＝教養小説」という従来の図式に疑問を投げかけた。「調和的な人格形成《アウスビルドゥング》」という理想を断念し、市民社会のために有用な活動に従事することがこの小説のテーマであるとマイは考えて、「古典主義的人文主義や、その調和的・普遍的な人間性の理念という意味では、『修業時代』はいずれにしても教養小説ではない」[4]と明言した。シュテファン・ブレッシンは一九七五年の論文の中で、この小説を「社会的に保障された統合と幸福な自己実現によって、希望の目標に到達しているにもかかわらず、その主人公が何も学んでいない教養小説」[5]と突き放した。

実際、何の偏見もなくテクストを見てみると、ヴィルヘルムは最終部で「自分自身を見出し、自分の使命を自覚する」（ディルタイ）のではなく、結社によって自分の進むべき道を与えられただけである。彼の行動には受動的姿勢が際立っていることは容易に見て取ることができる。ナターリエとの結婚にしても、自分から行動したのではなく、周りのお節介（フリードリヒ）と偶然によって成し遂げられたにすぎない。ディルタイの言葉に影響されて、この小説は「不当に、市民的な人生の理想的ケースとして読まれてきた」[6]のである。

『修業時代』の結末部の問題

では、ディルタイ的な理解の仕方に依らない、テクストに即した分析をするとどうなるだろうか。ここでは、結末部の解釈を提示しておこう。

ヴィルヘルムとナターリエが相思相愛であったことが判明し、やがて結婚へと至るのだが、これはきわめて不自然な展開である。

ナターリエに対するヴィルヘルムの愛は、テクスト中、何度も表明されている。ところが、彼に対する彼女の気持ちは明確に語られてはいない。確かに、一応は説明されてはいる。つまり、彼の息子の命が助からなければ、自分の前に慰めもなく座っている彼と結婚しよう、と彼女は心に誓ったのである (Vgl. L 609)。彼女が彼と結婚するのは、彼の喪失感を補充し、彼を救済するために自分を捧げたということになる。だが、こう捉えてしまうと、彼女が愛情を抱いて彼と結婚に至ったと考えられなくなってしまう。

二人の精神的結びつきについて、イルゼ・グラハムは面白い意見を述べている。グラハムはヴィルヘルムとナターリエの「あまりに近い感情的な結びつき」[7]を指摘して、二人の共通点を「救済者」としての役割の中に見ている。ナターリエは、幼少期から世間の欠乏や不自由を見つけ出すと、救済の手を差し伸べずにはいられなかった。一方、ヴィルヘルムは友人の溺死という衝撃的事件を幼少期に経験しており、それが原因で、後に他者を救済する「外科医」という職業に就こうとする。(『ヴィルヘルム・マイスターの遍歴時代』第二巻十一章参照)。このことから、二人はともに、誰かを救済したいという利他的心性を強く保持していると言える。ヴィルヘルムが身寄りのないミニヨンや孤独な竪琴弾きを引き取るのも、誰かを助けたいからに他ならない。

ヴィルヘルムとナターリエの類似性は、テレーゼよっても指摘されている。ヴィルヘルムがナターリエと同じように「よりよきものへの高貴な探求と努力」(L 531) を怠らない、とテレーゼは述べている。結社が書き留めたヴィルヘルムの「修業証書」をナターリエが読んで、自らの心性と同じ彼に心惹かれたと推測することもできる。

以上のように、ヴィルヘルムとナターリエには共通点が存在することが分かる。ここから推測できるのは、共通点があるが故に彼女は彼のことを好きになった、ということである。

その一方で問題もある。ナターリエの側に、ヴィルヘルムへの愛の兆候を打ち消すような言動が際立っているのである。彼女が彼に「あなたは恋をしたことがないのですか」と尋ねられたとき、彼女は「一度もありません、だけどいつも恋をしています」(L 538) と答えている。これは特定の誰かを愛したことがないという宣言である。そんなことを、果たして自分の愛する人に面と向って言うだろうか。

ヴィルヘルムのテレーゼへの求婚に際しても、ナターリエには心理的動揺が皆無である。また、自分たちの結婚が成立してからも、ナターリエはヴィルヘルムと一緒にいようとはせず、兄のロタ一リオとともにアメリカへ渡ってしまう。彼女自身が言っているように「自分の存在は兄の存在と非常に緊密に結びつき根を下ろしている」(Ebd.) のであって、自分の夫より兄のほうが彼女にとっては大切な存在のようである。

このように、ナターリエがヴィルヘルムを愛していると推測できる一方で、全く正反対に、彼女は彼個人を愛していないように振舞っている。『修業時代』の重要な結末である二人の結婚ということでさえ、論理的には説明できない状況なのである。

この作品は、批判を恐れず言えば、「論理的には説明できないが、主人公がともかく憧れの女性と結ばれ、ハッピーエンドで終わった作品」と言うことができる。この「論理的には説明できない不可解さ」はやはり問題で、事実、主人公の自己形成《ビルドゥング》をハッピーエンドで終わらせるための人工性や意図的な操作といったものは、教養小説研究ではよく指摘されることである。これについては後述することにし、次の作品に移ることにしよう。

『晩夏』

あらすじ

主人公ハインリヒ・ドレーンドルフは裕福な商人の息子で、自然科学研究に取り組んでいる。彼が偶然立ち寄ったのが、リーザハ男爵が所有するアスペルホーフと呼ばれる荘園である。ハインリヒはここで、リーザハが所有する美術品や彼の人生観に大いに触発されることになる。そのクライマックスが、大理石像の中にひとつの「美」を発見する場面である。偉大な作品には個別的な美などは存在しないこと、芸術作品においてはすべての部分が同じように美しくなければならず、どの部分も目立ってはならないこと、つまり「全体としての美」を発見するのである。

一方でハインリヒは、アスペルホーフを頻繁に訪れるナターリエと知り合う。彼は彼女に魅かれ、やがて彼女に想いを打ち明けると、彼女の方でも彼を慕っていたのであった。彼らの仲は急速に発展し、それぞれの両親に結婚の希望を伝える。

結婚前、ハインリヒはリーザハから自身の秘められた過去を聞いた。家庭教師先の娘マティルデと恋仲になるものの、彼女の一時の激情により結婚できなかったこと、役人となったものの自分が国家の機能的一部分にすぎないことに疑問を感じて辞職したこと、それ以降はマティルデと深い友情で結ばれ、現在に至っていることとである。その後二年間のヨーロッパ旅行を経て、ハインリヒとナターリエは結ばれる。

『修業時代』との相違点

『晩夏』は教養小説の一つだと見なされてきた。ヴァルター・キリーは、この小説が「正真正銘の教養小説であって、［……］読者に人間の成長を示そうとしている」[8]と述べた。だが、ここには明らかに欠落しているものがある。教養小説では、主人公は他者との対立や緊張関係を通じて、自己を形成していく。だが、ハインリヒは自分と気持ちが通い合う人としか交流しておらず、異質な他者との接触に乏しい。また、空間設定も『修業時代』とは正反対である。ヴィルヘルムは様々な場所に旅をして、自己形成《ビルドゥング》を行なっている。一方の『晩夏』では、実家とアスペルホーフを行き来する往復運動だけが実際の移動空間で、広い世界への旅立ちは否定的に捉えられている。二年間のヨーロッパ旅行も極めて簡素に報告されている。

これまでの教養小説では必要とされていたものが、この作品では回避されている。このような状況で、ハインリヒはどのように成長していくのであろうか。

成長過程の問題性

ハインリヒは「全体としての美」を認識するに至った。これは一つの成長ではある。しかし、その成長も全面的に肯定はできない。なぜなら、美を認識するハインリヒの能力は、リーザハやハインリヒの父親によってあらかじめ期待されていたものであるため、彼の成長は彼らの価値観に到達しただけである、と言ってよいからである。

リーザハは、「激情」と「自分の望まない分野での活動」という苦い経験をした。このような苦い経験をすることはハインリヒには全くない。それ故に、リーザハが意図的に強いているわけではないけれども、物語自身が、リーザハが経験した不幸や悔恨をハインリヒには回避させているようにも見えるのである。ハインリヒは、リーザハのために存在しているような印象を与えている。実際、この小説を「リーザハ小説」と解釈する研究者も多い[9]。そもそも小説のタイトルが、リーザハが中心人物であることを物語っている。「晩夏」(Nachsommer) とは本来は「穏やかな秋の日」であるが、比喩的には「晩年になってからの愛の興奮、または精神的高揚、または晩年の幸福」[10]を意味している。それはまさしく、リーザハが享受しているものである。

この小説が「リーザハ小説」であるかはともかく、彼が重要な位置を占める人物であることは間違いない。実際にこの小説では、リーザハの価値観に到達することがハインリヒには求められており、そうなるように工夫がなされている。それはまず、ハインリヒが平凡で単純であり、両親に絶対的な権威を認め、さらにそれから逸脱することのない純真無垢な青年という点にある。彼は自分のために様々な忠告を与える父親の言葉を素直に受け止めるので、父親の価値観や規範から全く逸脱することがない。そして、父親とリーザハの価値観がきわめて類似しているので、父の規範を守った結果、ハインリヒはリーザハの規範からも逸脱することがないのである。

ハインリヒの父親とリーザハの価値観の一致が見られる箇所としては、例えば、進路決定に際しての自己第一主義が挙げられる (Vgl. N 15, 616)。各人が自分の選んだ道で能力を発揮し、自分のために最もよいあり方をすれば、それは結果的に全体に奉仕することになる、と彼らはともに考えている。

ハインリヒの父親とリーザハの価値観はほぼ同じである。父親に従順なハインリヒの性格が、結果として、リーザハの規範をも容易に受け入れる姿勢につながっており、それ故に、彼がリーザハの願望を満たすことになるのである。

「晩夏」の世界の排他性

次に問題としたいのは、ハインリヒが発展の末に辿り着いた世界である。それは、一見すれば、芸術への愛や家族愛に支えられた「光」の世界である。しかしながら、この小説がハインリヒの物語る一人称小説であることを忘れてはならない。純真無垢なハインリヒがこの小説世界における「影」の部分を見抜けないでいるだけであって、決して「影」の部分が存在しないわけではない。

その「影」の部分とは、異質なものに対する閉鎖性・排他性である。「晩夏」の世界では「全体的な美」が重要視されていることにも明らかなように、全体性に奉仕する人々が暮らしている。逆に、全体性に奉仕しないものは、異質なものとして排除されることになる。

例えば、リーザハの工房で働くローラントがそれである。力強いものや激しいものを油絵で表現しようとする彼は、激情を回避するリーザハによって修業に出されてしまう。庭にやって来るジョウビタキも、悪質な敵として空気銃で射殺される。

また、この「晩夏」の世界では、他人との関わりは極力避けられている。そのことを、例えば学校教育に見て取ることができる。リーザハ以外全員、学校教育を受けていない。それは、学校教育が明らかに貧乏人のためのものと考えられているからである。ここでは上品で繊細な人々を「他人と接触させない」(N 562) ことが優先されている。

「晩夏」の世界の成立基盤

「晩夏」の世界では他人との関わりをなくし、自分の関心に専念する生き方が貫かれている。このようなユートピア的生活形態を生み出す前提は、相続した遺産の確実な利子によって生活を営むことができる「金利生活」[11]にあると言ってよい。そうすれば働くことなく、自分の趣味を謳歌できる。「晩夏」の住人はすべてこれに当てはまる。

例えば、マティルデは「家族の財産を相続して」(N 678) おり、リーザハは伯父の「相当な金額の財産」(N 675) を相続している。ハインリヒの父親は独力で財産を築いた人物であるが、彼の妻は「少なからぬ額の持参金」(N 416) を持ってきたので、財産の基礎が固まった。また、ハインリヒと結婚するナターリエにしても、リーザハから彼の財産をまるごと引き継ぐことになる (Vgl. N 683)。この小説の最後でハインリヒは「自分の財産を管理する」(N 731) 決意を新たにする。

このように「晩夏」の住人は、確実な利子によって成り立つ生活を当然の権利として受け入れている。だが、こうした生活形態が成り立つには、つまり確実な利子が得られるためには、社会が安定しているということが大前提である。変動の大きい社会では、当然、確実な利子は期待できない。しかしながら、機械化・資本主義化された流動的な近代社会では、そのような状態は極めて例外的なものだろう。もしそれを実現しようとすれば、「現実の限られた領域のみを理想の意味において変化させる」[12]ことによって可能となる。それがまさに「晩夏」の世界である。

この小説では、結局、経済的基盤に支えられ、しかもそれが永続されるという極めて特殊な時間の流れの中で、また異質なものが排除される閉鎖的空間の中で、主人公の成長が描かれているのである。しかも、このような時空の中で、主人公は自己の目標を比較的容易に達成することができるように性格付けがなされている。『晩夏』は、ある特殊な条件のもとで自己形成《ビルドゥング》が展開される教養小説であると言えよう。

『緑のハインリヒ』(第二稿)

あらすじ

主人公のハインリヒ・レーは、父親の形見である緑色の服の仕立て直しをいつも着ている。そのことから「緑のハインリヒ」と呼ばれている。彼は両親の故郷の村に滞在したとき、二人の女性と知り合いになる。官能的魅力を備えた未亡人ユーディットと、可憐な少女アンナである。病気のアンナを熱心に見舞う一方で、彼は夜毎ユーディットを訪問していた。やがて、アンナが病死すると、彼は自責の念に駆られ、ユーディットには二度と会わないと誓う。

ハインリヒは画家修業のため、ミュンヒェンに移り住む。だが、彼の作品は全く評価されず、生活は困窮を極めた。そんな中、彼はある伯爵に才能を見出され、再び制作に没頭すると、彼の作品は世間で高く評価されるようになる。彼は意気揚々と故郷へ戻るものの、母親は臨終の床にいて、すぐに死んでしまう。

絵画の道を諦めたハインリヒは、村役場に務め出した。ある日のこと、彼はユーディットと再会する。彼女はアメリカに渡っていたが、彼の悪い噂を聞いて戻って来たのだった。彼女が死ぬまでの二〇年間、二人は親しい友人として助け合って生きた。

作品評価

この小説もよく教養小説の代表作と見なされている。ただ、前に見てきた『修業時代』や『晩夏』と比較してみると、大きな違いがある。両作品では、主人公は憧れの女性と結婚し、幸福のうちに小説の幕が閉じるのに対して、ハインリヒは絶望に打ちひしがれている。彼の絵は伯爵に評価されるものの、母親は死んでしまい、意気消沈して画家の夢を諦める。彼は「もう生きていたくないという願い」(H 889) さえ抱いている。このような彼の人生に「諦念の響き」[13]を読み取ることは容易である。

しかし、ハインリヒはアメリカから帰国したユーディットの助けによって、最終的に献身的な人物へと変貌を遂げている。彼女は彼を救い、現実社会の一員として復帰させるのである。彼女は彼の内面的成長にとって極めて重要な存在である。

以下では、ハインリヒとユーディットを中心に、この小説の特徴を明らかにしていくことにする。

アメリカ移住前のユーディット、ハインリヒの精神性

ハインリヒは初めてユーディットに会ったときから、そのエロティックな魅力の虜になる。彼女もそのことをよく見抜いている。それにもかかわらず、彼女は彼をそばに置こうとする。それはなぜだろうか。

ユーディットは若くして結婚した。だが、この時の結婚はお互いの外見に魅かれたにすぎず、結婚した二人には精神性が欠如していた。夫が亡くなった後も彼女に男たちが言い寄ってくるが、彼女の美貌または財産目当てである。彼女は、精神的に愛し愛されるという関係を経験してこなかったのである。

その一方で、ハインリヒには他の男たちには見られない別の面があった。すでに述べたように、彼は官能的側面から彼女に好意を寄せていた。彼女に惹かれた理由は、亡き夫のそれと同様である。しかし、彼はアンナに対してはプラトニックな愛情を抱いていた。これがユーディットには重要な要因となっている。

ハインリヒはアンナに宛ててラブレターを書くものの、それを彼女に渡すことなく、川に流したことがあった。だが、そのラブレターを偶然ユーディットが発見する。そのとき彼女は、彼が精神的愛情を育むことのできる純粋な人物であることを知るのである。

ユーディットがハインリヒに彼のラブレターを拾ったことを伝えると、彼は堂々と彼女にアンナへの愛を打ち明ける。「アンナのためには正直な嘘偽りない人間になって、水晶のようにどこからでも透けて見えるような、どこまでも清らかな曇りのない人間になりたい」(H 384) と。このようなプラトニックな愛情は自分にこそ向けられていないが、「愛の清らかな気高い半分を知らずに過ごしてきた」(H 463) ユーディットには全く新鮮なものであった。このような純粋な愛こそ、彼女の望みだったのである。

またこれに関連しているが、ユーディットはハインリヒの深い思考力に魅かれていると言える。彼女は、自分の中に渦巻く思考を言語化できないもどかしさを感じている。そのもどかしさを彼によって解消し、彼によって思考の高みへ導いてもらいたいのである。彼女は「私の考えたいと思っているちょうどそのことを、あなた（ハインリヒ）が考えているような気がする」ので、「その秘密の考えに連れて行ってもらいたい」(H 380) のである。

しかし、そのようなユーディットの内的欲求を理解していないハインリヒは、彼女のもとを離れてゆく。亡きアンナに対して永遠に愛の誠実を守り、ユーディットと関係を絶つことが愛の崇高な行動だと考えたからである。

ハインリヒとユーディットの再会

ハインリヒは母の死後、画家の道を断念し、村役場に勤めていた。母親に対して罪の意識を抱き、絶望する彼の前に、突如ユーディットが現れる。彼女が彼を訪れたのは、間違いなく彼への変わらぬ愛情があったからである。かつて彼女は彼に向かって冗談っぽく「この家には男を入れないのよ。ここ何年かでキスした人なんて、あなたが初めてよ。だから、あなたに誠実であり続けてみたいの、訳は聞かないで。これから長い間自分を試してみるつもりなの、おもしろいから」(H 385) と言って以来、その言葉を誠実に守り続けた。自分の本心を冗談めかしているが、それほどまでに彼に対する彼女の愛は強いものだったのである。アメリカでも彼女は彼のことを「一度も忘れたことはなく」(H 896)、男たちの求婚を撥ね付けてきた。

このような強い愛を抱き続けるためには、相手を全面的に受け入れる姿勢が不可欠である。事実、ユーディットはありのままのハインリヒを愛している。絵画の師匠を騙したことを許してもらいたい気持ちから、彼は彼女を訪問したことがあった。そのとき彼女は「でもあいにく、私はあなたのことは嫌いにはなれないわ。だって、ありのままの人間を愛することができないくらいなら、何のために人はいるのかしら」(H 444) と答えている。この「ありのままの人間を愛する」という言葉に、相手を全面的に受け入れる彼女の姿勢が示されている。

また、母親に対する罪悪感をハインリヒがユーディットに吐露したとき、彼女は「どんなことがあったって、あなたのことを悪い人だなんて思わないわ。ただ不幸せな人だと思っただけです」(H 897) と答えている。ここでも、彼の行動の善悪を判断せず、彼そのものを受け入れる彼女の姿勢が示されている。

前の二つのユーディットの言葉には一〇年の隔たりがある。だが、ハインリヒを全面的に想う姿勢は全く変化していない。それ故に、アメリカで彼の悪い噂を聞いたとき、彼女は彼の「そばに行って力になってあげようと思って、すぐに荷造りをした」(Ebd.) のである。アンナの死を機にした別れの場面で、彼から冷たく「もう二度とお目にかかることはありません」(H 464) と拒絶されているにもかかわらずである。

このような言葉から判断すると、ハインリヒに精神的に愛されたい、愛されるためには自分を変えなければならない、そういった気持ちがユーディットを自己変革に向かわせたのであろうし、そのために彼女はアメリカに渡ったのであると推測できる。彼女の変わらぬ愛情が、母親の死で自罰的になっているハインリヒを救う。愛は罪に耐える力を与えてくれるからである。

結末部の問題性

話をハインリヒに戻そう。ユーディットが彼に対して変わらぬ愛情を抱きつづけていたのに対し、彼は彼女に自分の官能的欲求を向けていただけで、しかも一〇年後に再会するまで、彼女のことを思い出すことはなかった。それ故に、彼のみならず我々読者も、彼女の突然の出現に驚かされるのである。

ユーディットがハインリヒを求める理由は前に論じてきた。しかし、読者の立場から見れば、彼女は、人生に絶望した彼を救うためにもたらされた救済者として、作者ケラーによって無理やり最後に付け加えられたという印象を受けはしないだろうか。何か不自然な感じが、どうしてもぬぐいきれない。こうした違和感は『修業時代』でも見た通りである。主人公の着地点をどのように設定するか、そして、これがいかに難しいか、ということをここでは指摘するに留め、次の作品に移りたい。

『魔の山』

あらすじ

平凡な青年ハンス・カストルプは、自らの休養と従兄弟のヨーアヒムの見舞いを兼ねて、三週間の予定でスイスのサナトリウムを訪れた。ところが彼も発病し、療養生活を送ることになる。ハンスはここで多くの人と知り合いになり、知的刺激を受けていく。そんな中、ヨーアヒムは軍務に就くために病気を押して下山する。一方、ハンスはサナトリウムに留まり続ける。ある日、彼は雪山で遭難しかけたとき夢を見て、「人間は愛と善意のために支配権を死に譲り渡してはならない」と考えるに至る。

その後、ヨーアヒムは体調が悪化し山に戻ってくるが、まもなく死んでしまう。やがて、サナトリウム全体が異様な雰囲気に包まれていく。様々なものが流行するが、ハンスはレコードに夢中になる。その中でも、彼は「菩提樹の歌」に強く惹かれた。彼がサナトリウム滞在の七年目、第一次世界大戦が勃発する。彼は退院し従軍する。戦場の泥濘の中、「菩提樹の歌」を歌いながら彼が突撃するところで小説は終わる。

ハンスの成長とその問題点

ハンスは「ひとりの単純な青年」(Z 9) にすぎなかったが、サナトリウムに滞在する様々な人物やそこでの出来事によって精神的変化を遂げていく。それが最もよく表れているのが、雪山の場面と「菩提樹の歌」の場面である。ここでは「菩提樹の歌」を取り上げよう。

「菩提樹の歌」で歌われているのは、「生」の安らぎだけではない。その背後には、「死」への誘惑が潜んでいる。そうハンスは読み取る。さらに、その歌に歌われている「死」への誘惑は克服されるべきものである、と彼は考えるに至る。彼の考えはまだ漠然としたものであったが、語り手に補われながら、次のように記されている。つまり「この歌のために死ぬ者は、もはやこの歌のために死ぬのではなくて、愛と未来の新しい言葉を心に秘めながら、すでに新しいもののために死ぬのであって、それ故にこそ英雄なのである」(Z 907) と。

小説の結末部の戦場の場面では、ハンスは「無意識のうちに」(Z 993) この歌を歌いながら、死を覚悟して突撃していく。それはつまり、彼が「この歌のために死」んでいるわけであり、それ故に彼が一人の「英雄」になったと解釈することができる。このように見れば、「単純な青年」が様々な経験を経て「英雄」になるという成長過程が存在することになる。

しかし『魔の山』研究では、この小説の中に肯定的な自己形成《ビルドゥング》の過程を読み取ることに対して疑問を投げかけるものが多い。例えばヘルマン・クルツケは、ハンスは最後には自堕落になっているため、この小説を主人公の「自我喪失の物語」[14]と見なしている。実際、サナトリウム滞在の最後には彼は髭を生やし、以前は携帯していた懐中時計を持たなくなっている。

このようにハンスの自己形成《ビルドゥング》を中心に見た場合、肯定的側面と否定的側面の両方が存在している。二つのうちの一方が正しく、一方が間違いということではない。それぞれの論拠は明確であり、どちらも正しいと言える。それ故に、彼の自己形成《ビルドゥング》の成果が宙に浮かんだままの状態になっている。

この未確定状態を安定させるのは、ここでは従兄弟のヨーアヒムであると考えたい。『魔の山』研究でしばしば指摘されることだが、ハンスと従兄弟のヨーアヒムの二人は対で描かれているからであり、ヨーアヒムの存在を付与することによって、ハンスの自己形成《ビルドゥング》の成果も効力を帯びてくるからである。ここで一旦ハンスから離れ、ヨーアヒムを通じてこの作品が意図するものに迫ってみたい。

ハンスとヨーアヒムを取り巻く時代状況

当初、ヨーアヒムは法律を勉強していたが、「やむにやまれぬ衝動から」(Z 56) 志望を変え、士官候補生に志願した。その理由を考えてみよう。

一八七一年の普仏戦争の勝利によってドイツ帝国が生まれたが、ドイツはフランスが立ち直り復讐戦争を仕掛けてくることを恐れた。それ故、ドイツでは「フランスの戦備が整わないうちに先制攻撃をすべき」という予防戦争論が登場してくる。これに対抗すべくフランスはロシアと接近し、一八九一年には露仏同盟が成立する。結局、ドイツは露仏に対する二正面戦争を策定せざるをえなくなり、兵力増強を図ることになる。これに合わせて国防力強化が当時のドイツ最大の懸案事項となっていった。将校という地位も当然、他の職業よりも高くなった。例えば、ヨーアヒムが少尉に昇進してから様々な催しに出席しているが、舞踏会などでは、将校は医者や弁護士などのエリートたちよりも上位に見られた。このような時代状況によって、青年たちの軍隊への憧れは増していったのであり、ヨーアヒムも同じ憧れから軍隊に志願したのだと考えられる。

だが、政府の事情とは関係のない内発的な理由によっても、ヨーアヒムは自己を軍隊に帰属させていたとも言える。語り手は、時代に翻弄される人間の精神状態を次のようにまとめている。

人は様々な個人的な目標、目的、希望、展望を眼前に思い浮かべ、そこから高度の努力や活動へと向かう衝動を汲み取ることができる。しかし、時代が希望も展望もない途方に暮れた実情を密かに認識させて、虚ろな沈黙を続けているだけだとしたら、人は多大なる麻痺的な影響を受けることになる。「何のために」という問いに対して、時代から満足のいく返事をもらっていないのに、著しい業績を上げようという気になるためには、英雄的な性質を持った倫理的な孤独と直接性、もしくは非常に強靭な生活力が必要である、と。(Vgl. Z 50)

要するに、「何のために」と人生の意義を時代に問い掛けても「虚ろな沈黙」しか返ってこないとき、人はただ無気力感に染まっていくということである。語り手は、時代に対して問いを発している人間が「真面目な人間」である場合は麻痺的な影響が特に強く及ぼされる、と述べている。何度も「真面目」と形容されるヨーアヒムは、その麻痺的な影響を強く被ったに違いない。彼もまた「軍人」という時代の有利な趨勢に寄りかかることで、時代の麻痺作用から逃れたかったのだと言える。

こう考えると、ヨーアヒムは当時の若者に期待されていた道を熟考することなく選び、それを愚直に遂行した普通の真面目な青年ということになる。確かに、彼は一定の好意を持って描かれてはいる。しかしながらそこには、「時代に寄りかかる〈普通の〉若者」という、語り手のイローニッシュな態度を読み取ることができる。こうしたヨーアヒムの歩む道は、ハンスが雪山体験の後にショーシャ夫人に語る「生へ至る二つの道」の一つ、「普通の、直線的で真面目な道」(Z 827) と言える。

ハンスとヨーアヒムの対の関係性

さて、もう一方の道、つまり、「死を超えていく天才的な道」(Ebd.) とは、ハンスが辿った道のことである。彼は雪山や「菩提樹の歌」の場面で、「死」に共感を抱きつつも克服せねばならない、という理念に到達している。この理念は、何かに帰属することによって得られる安心感に共感を抱きつつも、それは個人の自由を奪う死であって、自らの自由のためにそれを克服せねばならない、という態度である。

この二人は、沈黙する時代の中で、それぞれ限界のある人物として別々に論じられるべきではない。意図的に対として描かれていることを考えれば、二つの複合が読者には要請されている、と考えるべきである。

二人が対で描かれている箇所としては、例えば、その行動に見て取ることができる。ともにロシア人女性（ショーシャ、マルシャ）を愛し、決定的な瞬間が訪れるまで彼女たちに話しかけようとしない。また彼らは彼女たちがいない間に、生命を危険に晒す冒険を試みている（雪山、軍事演習）。第六章のヨーアヒムの死と第七章のハンスの参戦に至る過程もパラレルになっている。[15] その他にも、ハンスとヨーアヒムが時に双子的、時に兄弟的な対として結びつけられている。[16]

最後の戦場の場面では「二人の兵士」が登場する。ハンスが参戦する戦場に「二人の兵士が伏せをしていた。二人は友人で、危険を察して並んで伏せをしていたのであったが、いまや二人はごちゃまぜになり、消えてしまった」(Z 993)。この二人の兵士は単なる兵士ではなく、仲の良い友人同士で、これまで対で扱われてきたハンスを連想させる。それ故、ここでは単に二人の兵士の死が示されているのではない。ハンスとヨーアヒムという存在形式の混合・複合（「ごちゃまぜ」）が暗示されていると言えよう。ヨーアヒムの愚直さ、ハンスの理念、この二つの結びつきが、時代の麻痺的影響を克服するための「英雄的な素質」(Z 50) だと、この作品は訴えかけている。

教養小説の結末

教養小説の類型化――「活動の領域」と「思考の領域」

これまで四つの教養小説を見てきたが、そこから浮び上ってくる教養小説の形態的特徴をまとめておきたい。『体験と創作』の中で、ディルタイは教養小説の類型化に関してヒントとなる言葉を、次のように書き記している。

ゲーテの課題は、活動 (Tätigkeit) へ向けて自らを形成していく一人の人間の歴史であった。二人のロマン派作家のテーマは詩人であった。ヘルダーリンの主人公は全体に働きかけようと努めるが、結局は自分自身の思考と詩作 (Denken und Dichten) に押し戻される英雄的な人物であった。[17]［下線筆者］

この分類に従えば、教養小説の主人公の行きつく先は、「活動の領域」か「思考の領域」のいずれかということになる。（ディルタイは実際は「思考と詩作」と言っているのだが、「詩作」も「思考」して行うものであるから、「思考」とまとめておくことにする。）さてこの分類は、これまで見てきた四つの作品に当てはまる。

「活動の領域」へと向かうのは、『修業時代』のヴィルヘルムと、『緑のハインリヒ』のハインリヒ・レーである。ヴィルヘルムは演劇を通じて貴族のように輝けると信じ、俳優となる。だが、彼は自己の蒙昧に気付き、塔の結社とともに活動していくことになる。ハインリヒ・レーは画家になることを目指すが挫折する。だが、故郷に戻ってからは、ユーディットに助けられながら、利他的に活動していくことになる。

「活動の領域」へ足を踏み入れるということは、主人公の目が社会に向けられているということを意味している。しかし、全く社会に目を向けないで、主人公の関心が、自己や、自己をも含めた人間存在へと、つまり「自分自身の思考」へと向かう主人公もいる。それが『晩夏』のハインリヒ・ドレーンドルフであり、『魔の山』のハンスである。ハインリヒ・ドレーンドルフはリーザハから刺激を受けながら、「全体としての美」を理解するに至る。これによって、個が節度を持って全体の秩序に奉仕するという生き方が提示される。ハンスは、平凡な青年で、将来は造船技師となる人物であったが、「魔の山」の知的刺激を受けて、雪山や「菩提樹の歌」の場面で、克己心を持った人間の態度を夢想するのである。

教養小説は、帰属すべきものを失い、孤独となった個が、自分の生に「目標と形式」を見出そうとする試みを描いている。その試みの結果、主人公たちは自己を「活動の領域」へと組み込んだり、自己の存在のあり方を「思考」しつつ位置付けていく、という作業を行ってきたのである。ちなみに、柏原兵三は教養小説を「水平の旅」「垂直の旅」の二つに分類しているが[18]、筆者が言わんとしていることも、それとまったく同じである。つまり「水平の旅」が「活動の領域」、「垂直の旅」が「思考の領域」ということになる。

「活動の領域」へと至る教養小説の結末

ここでは「活動の領域」へ移行するタイプの教養小説について述べておきたい。「活動」とは、もちろん、世界（世間）や社会での活動を意味しているので、ここでは主人公と世界（世間）・社会との関係に焦点を当てたい。

「活動の領域」へと至る教養小説の結末には、三つのパターンが考えられる。㈠主人公の自己形成《ビルドゥング》が何の保留もなく社会の中で実現される、㈡主人公が社会で受け入れられず挫折する、㈢社会における主人公の自己形成《ビルドゥング》が諦念や自己制限とともに実現されるか、である。

㈠は、自分の目標がそのまま社会で実現されるさまを描くような教養小説である。もっと言えば、古典的な定義としてよくなされる「調和的」な結末を迎える教養小説である。あえて仮定してみるならば、画家になることを夢見てミュンヒェンに渡り、成功を収め、母親を喜ばせるといった想像上の『緑のハインリヒ』である。また、自分の目標が実現するという意味では、最後に憧れの女性ナターリエと結ばれる『修業時代』のヴィルヘルムや、ナターリエと結婚する『晩夏』のハインリヒもこれに当てはまる。

㈡の挫折パターンは、本章では詳しく扱わなかったが、『緑のハインリヒ』初稿（一八五四―五五）に認めることができる。初稿では、主人公ハインリヒは芸術家を目指すが才能が認められず、やむなく帰郷する。しかし、その時すでに母親は亡くなっており、それにショックを受け、彼も憔悴して死んでしまう。

㈢のパターンは、自分の第一の目標を断念し、別の道に進むといった選択のもと、自己形成《ビルドゥング》を行うものである。ここでは、諦念や自己制限といった感情を主人公が抱く場合が多い。例えば『修業時代』がそうである。ヴィルヘルムは「自らの本性の調和的形成」（Z 291）を目指し、演劇の道に進むが断念し、塔の結社の活動に参加する。塔の結社の教育目標は天職の発見で、自分にとっての適切な能力を見つけたら、様々な可能性を自分で断念しなくてはならない。自分の能力の限界を見定め、限定された身近な活動に取り組むことが、結社では重視されているのである（Vgl. Z 422, 493, 553）。

『緑のハインリヒ』第二稿もこれに該当する。母の死に罪を感じているハインリヒは、絶望の淵にいる。だが、ユーディットという博愛主義的・利他主義的な存在によって救われる。彼の自己形成《ビルドゥング》は彼女によってかろうじて持ちこたえている。

㈠は理想形であり、そうであるが故に、現実ではほとんど起こりえないようなレアケースであると言ってよい。従って、もしそのような事例が小説化されたとしても、メルヒェン的要素が際立つことになる。実際、『修業時代』はグリム童話の「幸福なハンス」(KHM 83) に例えられることがある。[19]

一方、リアリズムに徹すれば㈡㈢の結末が妥当なものとなる。現実は思うようにはいかず、「挫折」や「諦念」を受け入れ、それを噛みしめながら成長していくというのが、我々の人生に照らし合わせてみても通常の形だろう。

さて、最後にもう一点、「活動の領域」へと至る教養小説の結末に関して述べておきたいことがある。それは、他者によって救済されるという事例がよく見られるということである。『修業時代』では、ヴィルヘルムは自分が恋焦がれるナターリエによって救われる。『緑のハインリヒ』(第二稿)のハインリヒは、ユーディットによって救われ、利他的な活動に従事する。

しかし、この他者による救済は、主人公たちにとって偶然的にもたらされたものだと言ってよい。ヴィルヘルムは、絡み合っていた事情が偶然によって解消した結果、ナターリエと結婚するのであるし、ハインリヒもユーディットのことを忘れていた。

では、偶然がなぜ突然介入してくるのであろうか。これは教養小説の問題性そのものと関連している。「私」として孤立した「自我」が「社会」との対立を乗り越えようと試みること、これが教養小説の最終的な目標であることは序章で述べた通りである。しかし、この対立を克服することは容易なことではない。それ故に、この対立を乗り越えるためには、偶然性という作者の意図的な操作を加えざるをえないのである。ヴォルフガング・カイザーも、教養小説の中に「少しばかり何か人工的なものが存在している」[20]ことを指摘している。ロイ・パスカルは、教養小説におけるストーリーの人工性は「登場人物や出来事がそれ自体の権利においてというよりも、意味の運び手として存在しているという事実による」[21]ものだと考えている。つまりそれは、作者が理念を提示しようとするあまり、小説のストーリー展開が重要視されなくなるということであり、その結果、ストーリーの人工性や不自然さが強調されるということである。そしてこれは、物語のリアリティーを損なわせるという危険性も持ち合わせている。

「思考の領域」へ移行する主人公たち

次に、主人公たちが「思考の領域」へと移行する二つの教養小説（『晩夏』『魔の山』）を見てみよう。人は社会的な存在であり、「社会」＝「他者」と関わりを持たないでは生きられない。しかしながら、この二作品には、社会との関わりがあまり顧慮されていない。それは、それぞれの作品における「時代」に対する姿勢と関係している。

この問題を『修業時代』を元に考えてみたい。ヴィルヘルムは「自らの本性の調和的な人格形成《アウスビルドゥング》」(L 291) を目指した。それは彼一人の単なる思いつきではない。彼の目標の背後には、自己形成《ビルドゥング》を推し進めていこうとする市民階級の潮流が渦巻いていたことは、序章で見た通りである。彼もそれに染まっただけである。

ところが、自己形成《ビルドゥング》という彼の目標は、そもそも問題を孕んでいた。それはヤルノーも言うように、広く知識を得たり、多く体験することによって成し遂げる自己形成《ビルドゥング》にはきりがない (Vgl. L 553) からである。塔の結社によれば、多くの素質が「一人の人間の中にではなく、多くの人間の中に分有されている」(L 552) が故に、人はそれぞれの素質を伸ばした後は、最終的には市民として「より大きな集団の中に溶け込むことを学び、他人のために生き、義務にかなった活動の中で自らを忘れることを学ぶ」(L 493) ことが大切なのである。

この言葉の背後には、「自分の素質が共同体の中で受け入れられる」という、共同体へ向けられた信頼感がある。そして実際に、ヴィルヘルムは塔の結社という共同体に受け入れられ、一人の市民として活動していくことになる。だが、『晩夏』や『魔の山』になると、共同体に対して市民は疑念を抱いている。人が共同体の中で有用な道具になりえても、有用な市民として生きることが難しい時代へと変化してしまったからである。

『晩夏』において、社会について言及されることはほとんどない。だが、ハインリヒの父親やリーザハの言葉から、人間の「道具化」に対する危惧が窺える。ハインリヒの父親は、ハインリヒの進路決定に際して、「人間はまず人間社会のためにではなくて、自分自身のためにあるのだ」(N 15) と述べ、リーザハも「人間は人生の道を自分自身のために、自分の能力を完全に発揮するために選ぶべき」(N 616) であると忠告する。この言葉から読み取れることは、人が自分自身のために存在しなくなり、社会に自分を合わせつつあること、言い換えれば、自分を社会へ向けて「道具化」しつつあるということであり、さらに彼らはそのような風潮に反対しているということである。彼らは、各人が自分の選んだ道で能力を発揮し、自分のために最もよいあり方をすれば、それは結果的に全体に奉仕することになると考えている。これは、それぞれの個人が選んだ活動の集合体が理想的な社会を形成する、という塔の結社の理念と同じである。しかしながら、こういった理念が失われているが故に、シュティフターはこの時代を「惨めな零落」[22]と見なし、主人公を社会と隔絶させ、自己形成《ビルドゥング》を行わせたのである。

では『魔の山』の場合はどうか。この作品では、人間と社会の間の関係は見通がきかなくなり、時代は混迷を深めるばかりであった。しかも時代は第一次世界大戦に向かって傾斜してゆく。人が自己の存在意義と目標を問いかけてみても、時代は虚ろな沈黙を返してくるのみである。それ故に、ハンスはひたすら自己に沈潜し、人間の真の位置や態度を発掘する作業に向かうのである。そして彼の思想の補完者であるヨーアヒムと対で扱われながら、戦場に消えてゆく。ここで示されているのは、混沌を深める社会に対抗できる人間の有り様である。

以上のように、大きく「活動の領域」（とその三つのパターン）と「思考の領域」という分類化を試みたが、これらは実際には絡み合い、また重なりあっているため、一概に「この小説はこのパターン」と決定することはできない。ただ、これからの要素の強弱によって、ある程度の類型化を行うことは可能だろう。

教養小説を読む意義

本章の最後に、読者を視点に入れ、教養小説の意義について述べておきたい。『教養小説名作選』の巻末で、作家の三浦朱門は次のように述べている。

たとえば病気、生きるか死ぬかの病気をして、再び社会に復帰できないんじゃないか。あるいは二度も三度も受験に失敗して落第する。自分の同級生はもうさっさと世の中に出てる。そんな状態のとき、つまり自分は一人落後者になってしまった。だから落後者になった人たちというのは、かえって自分が一人だということを意識しやすい。つまり人間はいかに生きるかということの出発点になるべき、自分の孤独感というものを落後者の方が認識しやすい。[23]

この文章を逆に捉えれば、落後者になってしまうような状況に陥らない限り、人は「人間はいかに生きるか」という問いを発することはない、と言うことだろう。しかし、現実世界で挫折を経験しない者などほとんどいない。それ故に、その度合いが多かれ少なかれ、人は「いかに生きるか」について考えていると言える。この問いを「自己」と「世界」に向かって発し続ける人間が、教養小説のテーマに関心を抱くのである。

では、そのような読者が、これらの小説によって明確な生きる指針を得られるかというと、そうではない。教養小説の中心的なテーマである「いかに生きるか」「自分の位置はどこか」という根源的な問いには、明確な指針など存在しない。教養小説の根本テーマは未完の議論であると言ってよく、それ故に、教養小説は「満たされないジャンル」[24]なのである。だが、そこに不完全さが指摘されようとも、決して否定的に語られるべきではない。

教養小説の作者自身、自分の作品が「自己」と「世界」の間の葛藤の問題を完全に処理しきれたとは考えていないはずである。むしろ不完全さを意識していたに違いない。それにもかかわらず、彼らは作品を書き上げた。そこには一体何が意味されているのであろうか。これについて少し説明しておきたい。

例えば、「自己」と「世界」に向かって問いを発し続ける読者が、教養小説を読んだとする。そして読者は、作品で示される問題の解決方法に対して「これは納得できない」とか「自分には向いていない」と感じたとする。だがこれにより、漠然としていた自己の価値観や理想が照らし出されることになり、やがて、それは修正や微調整が重ねられながら明瞭となってくるはずである。教養小説というジャンルは、このような目的を隠し持っている。つまり、教養小説は主人公の成長のみならず、読者の成長をも目指しているのである。

教養小説という術語の生みの親であったモルゲンシュテルンも、教養小説のこのような側面を見抜いていた。彼は次のように述べている。

このような小説は、初期段階にある主人公の自己形成《ビルドゥング》と、それがある程度の完成の段階まで推移していくさまを描くのだから、何よりも第一にその素材ゆえに、しかしまた第二に、この描写を通じて読者の自己形成《ビルドゥング》を他のいかなる小説よりも広範囲に促進するがゆえに教養小説と呼ばれるのである。[25]

「読者の自己形成《ビルドゥング》」という企てこそ、他のどの文学ジャンルよりも強度に浮かび上がってくる教養小説の独自性であって、現在でもその意義は失われてはいない。我々は何のために生き、どのような生き方をすればよいか、教養小説の主人公と同じく模索しつづけている。

注

1 第一章で扱う四つの作品（『ヴィルヘルム・マイスターの修業時代』、『晩夏』、『緑のハインリヒ』（第二稿）、『魔の山』）からの引用は、略語を用いて本文中に記載した。略語は以下の通り：

L: Goethe, Johann Wolfgang: *Wilhelm Meisters Lehrjahre*. In: *Werke*. Hamburger Ausgabe in 14 Bänden. Bd. 7. Hrsg. von Erich Trunz. 13. Aufl. München (C. H. Beck) 1994.

N: Stifter, Adalbert: *Der Nachsommer*. 7. Aufl. München (dtv) 1996.

H: Keller, Gottfried: *Der grüne Heinrich*. Zweite Fassung. Hrsg. von Gustav Steiner. Zürich (Diogenes) 1993.

Z: Mann, Thomas: *Der Zauberberg*. In: *Gesammelte Werke in dreizehn Bänden*. Bd. 3. Frankfurt a. M. (Fischer) 1990.

例えば (Z 510) となっていれば『魔の山』五一〇頁からの引用ということになる。

2 Wundt, Max: *Goethes Wilhelm Meister und die Entwicklung des modernen Lebensideals*. 2. Aufl. Berlin/Leipzig (Walter de Gruyter) 1932, S. 68.

3 Gerhard, Melitta: *Der deutsche Entwicklungsroman bis zu Goethes ‘Wilhelm Meister’*. Halle/Saale (Max Niemeyer) 1926, S. 142.

4 May, Kurt: ‘Wilhelm Meisters Lehrjahre’, ein Bildungsroman? In: *DVjs* 31. 1957, S. 33.

5 Blessin, Stefan: Die radikal-liberale Konzeption von *Wilhelm Meisters Lehrjahren*. In: *DVjs* 49 (Sonderheft) . 1975, S. 208.

6 Janz, Rolf-Peter: Bildungsroman. In: Horst Albert Glaser(Hrsg.): *Deutsche Literatur. Eine Sozialgeschichte. Bd. 5. Zwischen Revolution und Restauration: Klassik, Romantik 1786–1815*. Reinbek (Rowohlt) 1980, S. 163.

7 Graham, Ilse: *Goethe. Portrait of the Artist.* Berlin/New York (Walter de Gruyter) 1977, S. 206.

8 Killy, Walther: *Wirklichkeit und Kunstcharakter. Neun Romane des 19. Jahrhunderts.* München (C. H. Beck) 1963, S. 84.

9 例えばヴィクトーア・ランゲは、この小説の本当のテーマは「ハインリヒの〈Bildung〉ではなく、むしろすべてを包括するリーザハとマティルデの物語である」と述べ、ハインリヒ自身が「語りの手段」にすぎないと見なしている。Lange, Victor: Stifter. Der Nachsommer. In: Benno von Wiese(Hrsg.): *Der deutsche Roman. Vom Barock bis zur Gegenwart. Struktur und Geschichte.* Bd. 2. Düsseldorf (August Bagel) 1963, S. 45f. und 49.

10 *Der Neue Brockhaus.* Bd. 3 (J-Neu) . Vierte, neu bearbeitete Aufl. Wiesbaden (F. A. Brockhaus) 1968, S. 590. (Artikel: „Nachsommer“)

11 Pascal, Roy: *The German Novel Studies.* Manchester (Manchester University Press) 1956, S. 64.

12 Jacobs, Jürgen/Krause, Markus: *Der deutsche Bildungsroman. Gattungsgeschichte vom 18. bis zum 20. Jahrhundert.* München (C. H. Beck) 1989, S. 168.

13 Jacobs/Krause, a. a. O., S. 192.

14 Kurzke, Hermann: *Thomas Mann. Epoche-Werk-Wirkung.* 3. erneut überarbeitete Aufl. München (C. H. Beck) 1997, S. 209.

15 山本佳樹氏によれば、第六章のヨーアヒムの死と第七章のハンスの参戦に至る過程はパラレルになっている。第六章では㈠「変化」での時間論が展開されたのち、㈡ナフタが登場する。㈢「雪」の章の後で㈣ヨーアヒムが死ぬと㈤「三回の小銃斉射」（Z 747）が響き渡る。一方の第七章では㈠「海辺の散歩」で時間論が展開され、㈡ペーパーコルンが登場する。㈢「無感覚という名の悪魔」「楽音の泉」「ひどくうさんなこと」「ヒステリー蔓延」という四節ののち㈣ハンスが第一次世界大戦に参戦するために下山するが、㈤大戦は彼には「三回の礼砲」(Z 988) を意味したのであった。このように見てみると、二人の死（下山）に至る過程はパラレルに描かれていることが分かる。

16 山本佳樹：「『魔の山』の第七章」、『論集トーマス・マン――その文学の再検討のために――』所収、クヴェレ会、一九九〇年、七四―九五頁。例えば、ベーレンスはハンスとヨーアヒムを「カストルプとポルックス」(Z 301) と呼んでいるが、これはギリシア神話のゼウスの双子の息子カストルとポルックスを念頭に置いての言葉である。また、サナトリウムに滞在するある母親にも、二人の対の関係が示唆されている。病気の長男を次男が見舞いにやって来ると、次男も熱を出してしまう。それ故に、この兄弟の母親はいつも「二人トモ」（病気になってしまった）と皆に話しかける。見舞いに訪れた者も病気になるという構図は、ハンスとヨーアヒムにも繰り返されることである。ここでは〈長男ヨーアヒム〉〈次男ハンス〉と置き換えられることになる。

17 Dilthey, Wilhelm: *Das Erlebnis und die Dichtung*. 8. Aufl. Leipzig/Berlin (B. G. Teubner) 1922, S. 394.

18 柏原兵三：「『魔の山』試論―教養小説としての『魔の山』の世界の考察―」、『形成』十九号、糞土会、三修社、一九六二年、八頁。

19 Eichner, Hans: Zur Deutung von »Wilhelm Meisters Lehrjahren«. In: *JbFDH* 1966, S. 195.

20 Kayser, Wolfgang: *Entstehung und Krise des modernen Romans*. Stuttgart (J. B. Metzler) 1954, S. 25.

21 Pascal, a. a. O., S. 304.

22 シュティフターは手紙の中で『晩夏』についての次のように述べている。「私はおそらく、一般的にいくらかの例外を除いて、世界の国家関係とその道徳生活、そして文学に蔓延している堕落のゆえにこの作品を書いたのだ。私はこの惨めな零落に対して、偉大で簡潔な道徳の力を対置させようとしたのである」。

Stifter an Gustav Heckenast vom 11. 2. 1858. In: Adalbert Stifter: *Werke*. Bd. 4 (Kleine Schriften, Briefe). Hrsg. von Uwe Japp und Hans Joachim Piechotta. Frankfurt a. M. (Insel) 1978, S. 314f.

23 高橋健二（選）：『教養小説名作選』、集英社、一九七九年、四〇五頁。

24 Jacobs, Jürgen: *Wilhelm Meister und seine Brüder. Untersuchungen zum deutschen Bildungsroman*. München (Wilhelm Fink) 1972, S. 271.

25 Morgenstern, Karl: Ueber das Wesen des Bildungsromans. Vortrag, gehalten den 12. December 1819. In: Rolf Selbmann (Hrsg.): *Zur Geschichte des deutschen Bildungsromans*. Darmstadt (Wissenschaftliche Buchgesellschaft) 1988, S. 64.

第2章

ニコラス、デイヴィッド、ピップ、日本に行く

漱石の不愉快な留学顛末記

武井　暁子

ロンドン、クラパム、ザ・チェイス 81 番地外観。
漱石の名が書かれたブループラークがある。
撮影　武井暁子

漱石没後・生誕バブルとロンドン漱石記念館閉館

夏目漱石没後から百年経て、生誕百五〇周年を迎える今もなお、漱石は出版界とメディアで一定の人気を保っている。岩波書店は最終決定版として、二〇一六年十二月から、『定本漱石全集』の刊行を開始した。朝日新聞は百周年記念と銘打ち、二〇一四年四月二〇日から『こころ』を連載当時と同形式で復刻連載し（〜九月二五日）、『三四郎』（二〇一四年十月一日〜二〇一五年三月二三日）、『それから』（二〇一五年四月一日〜九月七日）、『門』（二〇一五年九月二一日〜二〇一六年三月三日）、『夢十夜』（二〇一六年三月九〜二二日）、『吾輩は猫である』（二〇一六年四月一日〜二〇一七年三月二八日）と続いた。映像作品では、二〇一六年一月三日に『坊っちゃん』が放映されたのから始まり（フジテレビ系、主演　二宮和也）、六月二二日に『くたばれ坊っちゃん』（BSプレミアム、主演　勝地涼）、九月二四日〜十月十五日まで、夏目鏡子『漱石の思ひ出』（一九二八）を原案とした連続ドラマ『漱石の妻』が放送された（NHK総合、主演　尾野真千子、長谷川博己）。没後百周年に最初の長編小説『猫』を連載することは、既存の読者が漱石の読み直しや、作家漱石の原点に立ち返る契機となろうし、新規読者の獲得にもつながる。映像三作品は、もっとも一般的知名度と人気がある作品に人気アイドルを起用した新春ドラマ（『坊っちゃん』）、スピンオフドラマ（『くたばれ』）、家族の視点から見た漱石を描いた伝記（『妻』）と、漱石に関する関心や知識がさほどない視聴者でも楽しめるものである。

二〇一七年は、映像作品はないものの、漱石生誕百五〇周年記念と銘打った講演会や展示が東京中心に行われている。

しかしながら、ここに書いたような漱石人気は表層的で没後生誕記念限定で、所詮一過性という感がある。例えば、二〇一六年九月二八日にロンドン漱石博物館が閉館した。同館は、漱石のロンドン留学時代の最後の下宿があったクラパム・コモンに恒松郁生氏が一九八四年開館した（扉絵参照）。皇太子や海部元首相が訪れたが、知る人ぞ知る存在であり、ガイドブックでも目立たない箇所に掲載されていた。筆者が二〇一六年四月一〇日に訪れた時、来館者は筆者を含め日本人四人だった。ロンドンには、ロンドン塔、ウェストミンスター寺院、大英博物館などの名所がある中、日本人作家の文学館に行くのは日本人のリピーター観光客か長期滞在者で、しかもその作家に関心がある者に限定される。赤字運営だったことは容易に察しがつく。限られた開館時期（二～九月の水、土、日）、中心部から少し離れた立地（地下鉄ゾーン二）も、来館者が少なかった要因であろう。

二〇一六年初頭に、ロンドン在住の日本人の間で、同館閉鎖の噂が出始め、二〇一六年四月四日付で来館者減少を理由に、生誕百五〇周年の節目の年にあたる二〇一七年九月で閉館することが発表になった。しかしながら、当初の予定より一年早く、二〇一六年八月三〇日付で閉館になった。二〇一六年六月二三日に国民投票でイギリスのＥＵ離脱支持が半数を上回り、記念館の不動産価値が下がることが予測されるためという理由だった。二〇一七年五月六日付で、二〇一八年夏にサリー州の恒松氏宅に展示スペースを設け、再開するとの一報が出たが、以前と同様二～九月の週三日開館で、しかもメールで事前予約要とのことだ。恒松氏の熱意は買うが、以前よりもさらに来館者が減ることは十分あり得ることだ。

出版界とメディアでの根強い漱石人気と相反するような、ロンドン漱石博物館の閉館と大幅な縮小再開は、漱石の実生活、とりわけ、二年間の留学が大衆の興味を引きにくいからである。しかしながら、漱石のロンドン時代の日記や手紙は、慣れぬ異国の土地で奮闘する姿が浮かび上がり、胸を打つ。二〇〇四年以降日本の大学生の留学希望者が減少し、「縮み志向」が指摘される中、学生に特に読んでもらいたい。

漱石がイギリス留学に出発したのは、日清戦争（一八九四―九五）から五年経ち、日本は近代国家の体裁を整えたが、国際的地位は未だに低い時期だった。一方、留学先のイギリスは世界でもっとも早く近代化を成し遂げ、政治、経済、軍事、工業、文化などは他国を大きく凌駕する水準だった。そのような時代、イギリスに渡った日本人が、とかくイギリスを崇め奉るとともに、自国の立ち遅れを否が応でも思い知らされたのは想像に難くない。事実、留学中に書かれた書簡、断片的な記述、友人正岡子規宛に書いた『倫敦消息』（一九〇一）には、「我々はポットデの田舎者のアンポンタンの山家猿のチンチクリンの土気色の不可思議ナ人間デアルカラ西洋人から馬鹿にされるは尤だ」（断片　十九：一〇六―〇七）、「こんな国ではちつと人間の脊いに税をかけたら少しは倹約した小さな動物が出来るだろう抔と考へるが夫は所謂負惜しみの減らず口と云ふ奴で、公平な処が、向ふの方がどうしても立派だ何となく自分が肩身の狭い心持ちがする」（『消息』一九〇一年四月九日、十二・十三）のような、イギリス人に対する劣等感が明らかな記述が複数回出てくる。[1] 勉学に関してもしかりで、「此国の文学美術がいかに盛大で其盛大な文学美術が如何に国民の品性に感化を及ぼしつゝあるか」（『消息』一九〇一年四月九日、十二・三）と言うように、漱石はメレディス、ディケンズ、シェイクスピアなどの作品に圧倒されたのではないか。

漱石のイギリス、イギリス人、イギリス文学に対する気持ちは憧憬と反発が入り混じり、やがては、西洋を模倣する日本と日本人への違和感につながる。このことは、留学中に書かれた下記の記述からも伺える。

人は日本を目して未練なき国民といふ数百年來の風俗習慣を朝食前に打破して毫も遺憾と思はざるは成程未練なき国民なるべし去れども善き意味にて未練なきか悪しき意味に於て未練なきかは疑問に属す西洋人の日本を称賛するは半ば己れに師事するが爲なり

（断片　十九・一〇八―一〇九）

日本人は創造力を欠ける国民なり維新前の日本人は只管志那を模倣して喜びたり維新後の日

本人は又専一に西洋を模擬せんとするなり憐れなる日本人は専一に西洋人を模擬せんとして経済の点に於て便利の点に於て又発作後に起る過去を慕ふの年に於て遂に悉く西洋化する能はざるを知りぬ過去の日本人は唐を模し宋を擬し元明清を模し悉くして一方に倭漢混化の形迹を留めぬ現在の日本人は悉く西洋化する能はざるが爲め已を得ず日欧両者の衝突を避けんが爲め其衝突を和げんが爲め之を渾融せんが爲苦慮しつゝあるなり日本服に帽子は先づ調和せられたりと云はん洋服に足駄は遂に不調法と云はざる可らず美術に文学に道徳に工商業に東西の分子入り乱れて合せんとして合する能はざるの有様なり（断片　十九．一〇九）

日本の西洋化／近代化への過剰な適応と近代化前に形成された日本人の価値観の対比は、漱石の小説の重要なテーマとなる。そこで、この章では、日本で最初の教養小説とされる『三四郎』（一九〇八）を取り上げ、主人公三四郎の上京と東京生活の描写には、漱石の留学とロンドン生活が投影されていること、三四郎と美禰子の関係には『大いなる遺産』（一八六〇―六一）のピップとエステラの関係と似た点が見られることを指摘し、漱石がどのようにしてディケンズ作品を自己の世界になじむよう書き換えたかを考察する。

楽しからぬ留学

漱石は大政奉還の八ヶ月前、一八六七年二月九日に生まれ、大正天皇即位後四年四ヶ月経過した一九一六年十二月十六日、四九歳で没した。漱石の生涯は大政奉還から明治維新を経て、日本が欧米をモデルとした近代国家に生まれ変わろうとしていた変動期と完全に重なる。日本は天然資源が希少で、国の発展のためには人材育成が不可欠なことを明治政府は熟知しており、一八七七年の東京大学設立（一八八六年帝国大学→一八九七年東京帝国大学に改称）を皮切りに、大学を設立した。また、一八七〇年の「海外留学生規則」制定を機に、一八七一年には初の国費留学生派遣、一八七三年には留学生を官費と私費に区分し、全て文部省の管轄にする、選抜と管理の厳格化など、徐々に留学制度を整備した。江藤淳は明治時代の留学の目的は「自国の後進性を回復するために文化的先進国へ学生を派遣して学習し摂取するため」と定義する（二〇六）。当初、十二―二二歳の化学、工学、法学専攻志望の青年を留学生に選考し、一八七九年には東京大学卒業生からも選抜した。この時期は、若年層が留学生の主力で第一期といえよう。一八八四年三月からは五年以上奉職している東京大学教官に一年から一年半の私費留学を認めた。十六年後の一九〇〇年には官費留学の対象は高等学校教官にまで拡大し、漱石は藤代禎輔、芳賀矢一、高山樗牛とともに留学生に選抜された（その後、高山は病気のため、留学を辞退した）。文部省主導の留学生派遣は高等学校その他の教官育成のためであり、漱石の場合、建前としては英語教授法習得が主たる目的だった。江藤淳は、漱石は使命感の重荷を感じて渡英したと言う。[2]

漱石は一九〇〇年九月八日に横浜を出発した。次に引用する妻鏡子宛の手紙の数々からわかる通り、五〇日間の船旅の間、漱石は西洋人や事物に初めて接し、早くもカルチャーショックや劣等感に襲われている。

毎々ながら西洋食には厭々致候（一九〇〇年十月八日）

西洋人ノ子供沢山居候奇麗にて清潔なる事は日本人の此に無之衣服も至極簡便にて羨敷存候（一九〇〇年十月八日）

Naples ト申ス所ニ碇泊中上陸ノ上博物館等ヲ一見是ハ「ポンペイ」ヨリ掘出シタル種々ノ古物ヲ蒐集セル見事ノモノニ候夫ヨリ Genoa ニテ船ヲ棄テ、上陸其地ニ一泊以太利ノ小都会ナルニモ関セズ頗ル立派ニテ日本抔ノ比ニアラズ（一九〇〇年十月二三日）

「パリス」ニ来テミレバ其繁華ナルコト是亦到底筆紙ノ及ブ所ニ無之就中道路家屋等ノ宏大

ナルコト馬車電気鉄道地下鉄道等ノ網ノ如クナル有様寔ニ世界ノ大都ニ御座候
（一九〇〇年十月二三日）

名高キ「エフエル」塔ノ上ニ登リテ四方ヲ見渡シ申シ候是ハ三百メートルノ高サニテ人間ヲ箱ニ入レテ綱条ニ〔テ〕ツルシ上ゲツルシ下ス仕掛ケニ候（一九〇〇年十月二三日）

当地ニ来テ観レバ男女共色白ク服装モ立派ニテ日本人ハ成程黄色ニ観エ候女抔ハクダラヌ下女ノ如キ者デモ中々別嬪有之候小生如キアバタ面ハ一人モ無之候（一九〇〇年十月二三日）

家族宛の手紙という気安さも手伝って、漱石はナポリ、ジェノヴァ、パリなどの寄港地で遭遇した外国人や建物の感想を率直に書いている。ナポリ、ジェノヴァのような小都市ですら、日本が太刀打ちできない文化的蓄積がある。パリに至っては、鉄道、地下鉄、エレベーター、高層建築などの技術発展の成果があり、都市の発展は東京をはるかに凌駕する。そこに住んでいる人士も日本人よりはるかに立派に見える。出口保夫は、漱石は江戸趣味と漢学の素養があったので、西洋への一方的な傾斜に歯止めがかけられていた、と言うが、[3] 船旅中の漱石はお上りさんそのものだ。また、西洋人は綺麗、清潔、立派であり、自らを黄色、アバタ面と形容するのはアジア人が欧米人に対していだく言われなき劣等感の典型である。平川祐弘と出口保夫は漱石のアバタ面への劣等感は深刻なもので、留学中の精神的委縮につながったと言う。[4]

五〇日の船旅を経て、十月二八日、漱石はロンドンに到着した。彼は、当初ケンブリッジで研究したかったが、規定の留学費では、不可能だった。次に、生活費が安いエディンバラを研究先として考えたが、英語を勉強するのにはロンドンが良いとの結論になり、ロンドン大学ユニヴァーシティカレッジの聴講生になった。しかしながら、UCLでの聴講はすぐやめて、代わりに、シェイクスピア研究者のウィリアム・クレイグの個人教授を週一回受けた。授業料は一回につき五シリングだった。この辺の事情は一九〇一年二月九日付で狩野亨吉たちに充てた手紙に詳しい。「講義其物は多少面白い節もあるが日本の大学の講義とさして変つた事もない汽車へ乗つて時間を損して聴に行くよりも其費用で本を買って読む方が早道だといふ気にもなる尤も普通の学生になつて交際もしたり図書館へも這入たり討論会へも傍聴に出たり教師の家へも遊びに行たりしたら少しは利益があらう然し高い月謝を払はねばならぬ入らぬ会費を徴収されねばならぬ（略）時間の浪費が恐いからして大学の方は傍聴生として二月許り出席して其後やめて仕舞た同時にProf. Kerの周旋で大学へ通学すると同時にCraigと云ふ人の家へ教はりに行く（略）余西洋人と縁が絶ても困るから此先生の所へは逗留中は行く積りだ」。一九〇一年一月の文部省あての報告書にも、「大学ノ講義ハ格別入学科授業ヲ払ヒ聴ク価値ナシ」との記載がある。ケアの授業は学部生対象だったが、一九〇一年十一月二一日付の日記に「Ker ノ講義ヲ聴ク面白カリシ」と書かれているし、UCLとクレイグの自宅があるベイカー・ストリートまで移動時間はさほど変わらない。UCLの聴講中止は、二〇代の学生と接するのが煩わしかったのと、UCLの授業料よりクレイグの個人指導を受けるほうが安かったからだろう。出費が嵩むこととイギリス人との交際に金と時間を取られることへの懸念は書簡、日記等に頻出する。

『倫敦塔』（一九〇五）は、漱石がロンドンに到着直後一度だけ訪れたロンドン塔を題材にした作品である。末尾で、この作品は想像であるとの但し書きはあるものの、「御殿場の兎が急に日本橋の真中へ抛り出されたような心持ち」（二：三）とは言いえて妙で、見知らぬ異国の土地にたった一人で放り出された人間に共通の戸惑いや心細さが伝わってくる。妻鏡子に「倫孰も今日出で見たれども見当がつかず二十返位道を聞て漸く寓居に還り候」（一九〇〇年十月三〇日）と書かれている。しかし、一九〇〇年内はロンドン塔の他にナショナル・ギャラリー、ウェストミンスター寺院、セント・ポール寺院などの観光名所を頻繁に訪れているし、同時期にイギリス留学していた美濃部達吉と観劇に出かけたり、長尾半平と会ったりしている（長尾については後述）。年が明けると、観光名所の記述は減るが、下宿先の近辺をよく散歩していることがわかる。漱石が留学中に神経衰弱になったのはよく知られているが、留学の前半は精神状態は比較的良好だったと思われる。

経済状態については、政府から支給された留学費は年間千八百円でポンドに換算すると百八〇ポンドである。この金額は、当時のイギリス労働者階級の年収の三倍相当だったし、漱石の暮らしぶりは質素だったが、留学中金欠が常態であった。ロンドン到着早々「西洋にては金が気がヒケル程入候留学費でどうしてやるかゞ問題に候」（一九〇〇年十月三〇日）、「色々計画あれど時と金なき爲め何れもはか〲しからず西洋人と交際抔は時と金による事に候此様子では矢張英国の事情抔は分り申間敷残念に候」（一九〇〇年十一月十九日）、「当地にては金のないのと病気になるのが一番心細く候病気は帰朝迄は謝絶する積なれど金のなきには閉口致候日本の五十銭は当地にて殆んど十銭か二十銭位の資格に候十円位の金は二三回まばたきをすると烟になり申候」（一九〇〇年十二月二六日）と手紙に書いている。一九〇一年一月の文部省への報告書には「物価高真ニ生活困難ナリ十五磅（ポンド）ノ留学費ニテハ窮乏ヲ感ズ」と書いている。出口保夫は漱石の留学中、月収百五〇円のうち五〇—六〇円を書籍費に費やしていたことを指摘し、当時のイギリスの一般市民をはるかに上回っており、非常に恵まれていた、と指摘する。[5] しかしながら、「殊に留学生は少なく逗留のものは官吏商人にて皆小生抔よりは金廻りのよき連中のみ」（書簡　一九〇〇年十二月二六日）というように、漱石の生活費は他の在ロンドン日本人に比べて少なかった。この点に関して、漱石と二番目の下宿で同宿になる長尾半平の証言がある「当時、夏目さんは、文部省から送って来る僅少な学費で暮らしてゐたが、その学費も大半は書籍を買ふのに費されて、其残額で暮らしてゐるといふような有様で、実際気の毒な位貧乏な暮らしをしてをられた」（「ロンドン時代の夏目さん」一九二八年七月、別巻一〇九)。一方、長尾は、当時台湾総督だった後藤新平の命で港湾調査のためイギリスに来ており、長尾曰く「時間や金の制限なしに来てゐたから、比較的経済上余裕があり」、漱石と食事の際は勘定を持ち、漱石に金を貸したことがある。これらの考察と事実から考えると、文部省はロンドンの物価高を計算に入れておらず、漱石の留学費用は衣食住を賄うのに精いっぱいで、研究費も捻出するには足りなかった、と言えるだろう。長尾は格段に恵まれており、役人と留学生の違いはあるだろうが、文部省には、異国の生活が何かと不自由で、金銭で快適さと便利さを買うことが不可欠、という視点が欠けていたように思える。

留学中、漱石が下記の通り、一年のうち四回下宿を変えたのは、経済的理由である。

一九〇〇．十．二八―十一．十一　ガウアー・ストリート七六番地　ブルームスベリー
一九〇〇．十一．十二―十二．二三　プライオリ・ロード八五番地　ウェスト・ハムステッド
一九〇〇．十二．二四―一九〇一．四．二四　フロッデン・ロード六番地　キャンバーウェル
一九〇一．四．二五―七．十九　ステラ・ロード五番地　トゥーティング
一九〇一．七．二〇―一九〇二．十二．四　チェイス八一番地　クラパム

最初のガウアー・ストリートは、日本人経営で、UCL、大英博物館に近い好立地だったが、一日

あたり六円で、到底賄えなかった。二番目のプライオリ・ロードはロンドン北部であり、当時はさほど高級住宅地ではなかったが、出口保夫は漱石の下宿の中ではここが一番周囲の環境がよかったと言う。[6] この下宿での生活の一旦は『永日小品』（一九〇九）の「下宿」「過去の臭ひ」で知ることができる。漱石が長尾と知り合うのはここである。「下宿」によると、家賃は「割合に高い」週二ポンドで、北側の一部屋を借りた。家主はミス・ミルデという名で「眼の凹んだ、鼻のしゃくれた、顎と頬の尖った、鋭い顔の女で、一寸見ると、年恰好の判断が出来ない程、女性を超越して居る。疳、僻み、意地、利かぬ気、疑惑、あらゆる弱点が、穏やかな眼鼻を散々に弄んだ結果、かう捻ねくれた人相になつたのではあるまいか」（十二：一五二）と酷評されている。一家の主人ミルデ氏はドイツ系で上流階級対象の洋品店を経営しており、羽振りがよかった。だが、ミルデ家は現代のステップファミリーを先取りしたように、家族関係が複雑だった。「下宿」には次のように書かれている。

主婦の母は、二十五年の昔、あす仏蘭西人に嫁いで、此の娘を挙げた。幾年か連れ添った後夫は死んだ。母は娘の手を引いて、再び独逸人の許に嫁いだ。その独逸人が昨夜の老人である。今では倫敦のエスト、エンドで仕立屋の店を出して、毎日々々そこへ通勤してゐる。先妻の子も同じ店で働いてゐるが、親子非常に仲が悪い。一つ家にゐても、口を利いた事がない（略）

母は余ほど前に失くなつた。死ぬときに自分のことを呉々も云ひ置いて死んだのだが、母の財産はみんな阿爺の手に渡つて、一銭も自由にする事が出来ない。仕方がないから、かうして下宿をして小遣を拵へるのである。（十九．一五三―五四）

長尾は、ミス・ミルデは夕食時にピアノを弾き、歌を歌い、漱石と芝居の話をすることもあったと記しているし、末次芳晴は「下宿」「過去」のミルデ家の描写は事実と異なると分析しているので、[7]上の記述を全面的に信用することはできない。だが、漱石は「此家がいやな家でね――且つ頗る契約違背の所為があつたから」（書簡　一九〇一年二月九日）との理由で転居を決めた。「契約違背」の具体的内容は不明だが、三食つきと理解していたのが、朝夕の二食しか提供されず、昼食費が別途かかったことと考えられている。だが、一八九八年冬から二年間ミルデ家に下宿した東京海上ロンドン支店長平生釟三郎によると家賃週二ポンドで二食付きだったので（末次　二八四）、非は漱石が契約をよく理解していなかったことにありそうだ。

三番目の下宿はテムズ川南にあり、漱石曰く「以前の処は東京の小石川の如き処に存候今度の処は深川と云ふ様な何れも辺鄙な処に候」（書簡　一九九〇年十二月二六日）、「一週悉皆で二十五志「シリング」だから倫敦にしては非常に安い」（書簡　一九〇一年一月三日）。しかし、キャンバーウェルは漱石が言うほど辺鄙ではなく、[8]漱石の他にも日本人の下宿人がいた。だが、漱石の感覚では、ロンドン北部は東京山の手であり、テムズ川南は都落ちだったろう。女主人のブレット夫人は独身の妹と私塾を経営していたが、伝染病のため廃業し、学校の建物を利用して下宿屋を始めた。一家にはブレット夫妻、妹の他に、姉妹の親戚の女性、女中が住んでいた。ブレット家はミルデ家に比べて家庭的な温かさがあり、漱石にクリスマスディナーをご馳走したり、ブレット氏とパントマイムやヴィクトリア女王の葬儀の行列を見に行ったり、ということもあった。しかし、下宿の安普請、ブレット一家が予想より知的レベルが低いこと、食事が漱石の苛々の種になった。

下宿といへば僕の下宿は随分まづい下宿だよ三階でね窓に隙があつて戸から風が這入つて顔を洗フ台がペンキ塗の如何はしいので夫に御玩弄箱の様な本箱と横一尺堅二尺位な半まな机がある夜抔は君ストーブを焼くとドラフトが起つて戸や障子のスキからピユー〳〵風が這入る室を煖めて居るのだか冷して居るのだか分らないね（書簡　一九〇一年二月九日）

［キャンバーウェルの下宿で］段々話しをして見ると誰も話せる奴はない書物抔は一向知らない姉君の方は元はどこかの governess であつたとかで頻りに昔しの夜会や舞踏会抔の話をする又絵がかけると云ふのが御自慢である（略）此女将軍の英語たるや学校の主幹たりし丈にわるくはなけれども決して上品にあらず且六ヅかしき字抔は知らず会に俗に用いない字を使ふと

「アクセン〔ト〕や発音を間違へる」（書簡　一九〇一年二月九日）

亭主もい丶奴だが頗る無学で書物抔は読んだ事もあるまい此間一所に芝居「パントマイム」を見学に行たRobinson Crusoeをやつて居つた所が実際是は小説か事実物譚かといつて僕に尋ねた（書簡　一九〇一年二月九日）

ウチノ下宿ノ飯ハ頗ルマヅイ此間迄日本人ガ沢山居ツタノデ少シハウマカツタガ近頃ハ段々下等ニナツテ来タ尤モ一週25 shil デハ贅沢モイヘマイ夫ニ家計ガ頗ル不如意ラシイ可哀想ニ（日記　一九〇一年二月十五日）

キャンバーウェルでの下宿時は、漱石はこまめに手紙と日記を書いており、金欠とひどい住環境で、漱石が神経をすり減らしている様がより具体的にわかる。一九〇一年二月二一日と三月二九日の日記には、胃腸薬を買ったことが記されており、ストレスで胃弱であったことが察せられる。『消息』では、「成程留学生の学資は御話しにならない位少ない。倫敦では猶々少ない、少ないが此留学費全体を投じて衣食住の方へ廻せば我輩と雖も最少しは楽な生活が出来るのさ（略）然るにあらゆる節倹をして斯様なわびしい住居として居るのはね、一つは自分が日本に居つた時の自分ではない単に学生であると云う感じが強いのと二つ目には切角西洋へ来たものだから成る事なら一冊でも余慶専門上の書物を買って帰り度慾があるからさ（略）人は「カムバーウェル」のような貧乏町にくすぼつてると云つて笑うかも知れないがそんな事に頓着する必要はない」（一九〇一年四月二〇日、十二・十一―十二）。漱石は目下の窮乏生活は本を買うための辛抱であり、好んでやっていること、と書いてはいるが、ゆとりは全く感じられない。

ブレット一家は親切だったが、経営の才はなかったようで、漱石が気がついたように、下宿人が減り始め、経営が苦しくなった。そのため、一家は借金取りから逃れるため、夜逃げ同然にトゥーティングに引っ越した。他の下宿人は、もっとよいところに転居する余裕があったが、漱石は経済的に無理だったので、不本意ながら一家に同行するしかなかった。トゥーティングはキャンバーウェルよりさらに殺風景でごみごみしたところで、漱石は「聞シニ劣ルイヤナ処デイヤナ家ナリ永ク居ル気ニナラズ」（日記　一九〇一年四月二五日）、「ツマラヌ処ナリ」（日記　一九〇一年四月二六日）、「又移リ度ナツタ」（日記　一九〇一年四月二七日）と三日連続で不満を述べている。一九〇一年七月一日の日記には「近頃非常ニ不愉快ナリクダラヌ事ガ気ニカヽル　神経病カト怪シマル、然一方デハ非常ニヅーヅー敷処ガアル、妙ダ」と書かれており、神経が参っていたことがわかる。これが翌年の神経衰弱の引き金となる。ただ、トゥーティングの下宿で味の素を開発した池田菊苗としばらく同宿し、話し合うことによって、「幽霊の様な文学をやめて、もっと組織だったどつしりした研究」(「処女作追懐談」(一九〇八年、二五・二八二)をやろうと決意を固め、池田の引越を期に新しい下宿探しを始めた。

五番目のクラパム・コモンの下宿は、漱石の留学生活最後の下宿であり、留学の三分の二に相当する一年五ヶ月を過ごした。前述の漱石博物館はこの下宿の向かいのフラットの一室であった。この下宿は、「文学趣味ヲ有スルイングランド人家庭ニカギル」という漱石の希望を満たしており、家主のリール姉妹は親切で、周囲には公園があり、中流層の構えの家が多く、漱石のロンドンの住まいの中で最も居心地がよかった。留学生活が残り一年を切ると、漱石はクレイグの個人授業をやめ、在留日本人の集まりにも出ず、書籍を買い込み、勉学に打ち込んだ。このころの漱石の生活について、渡辺春渓は「先生は在留の日本人とは進んで交際をしなかった」「その夜〔一九〇一年十一月三日〕は公使館で、祝賀会があり、先生も招待を受けていたが、それを断って」「先生があまり冬籠りして、勉強に夢中になっているので」(「漱石先生のロンドン生活」一九七四年十月　別巻　一一二、一一三―一一四、一一五)と述べる。引きこもりがちな生活は、漱石の孤独を深め、神経を次第にむしばんでいったことは想像に難くない。一九〇一年十一月十三日でロンドン留学時代の日記は終わっている。年明けの一九〇二年二月十六日付の手紙には「漸々留学期もせまり学問も根つからはかどらず頗る不景気なり帰つて教師なんかするのは厭でたまらない況んや熊本迄帰るに於てをや夫を考へると英国に生涯居る方が気楽でよろしい」と書いており、研究がはかどらないことと、帰国後の教師生活に復帰するのに拒否感があるのがわかる。三月十八日付での妻鏡子宛の手紙には「倫敦では日本人が大分居るが少しも交際をしない会抔へも出たことがない土井〔晩翠〕とも近頃は滅多に遭はないたつた一人で気楽でよろしい世間の人間共がおれの事を何とかいひ度ても己が何をして居るか知つてる者はない　彼らはどこから材料を得てそんな事をいふか聞て御覧」と書かれている。鏡子の手紙の内容はわからないが、漱石の不調がロンドンの日本人の間で噂になり、日本にも伝わっていたと考えることもできよう。

一九〇二年九月十二日の手紙で、漱石は始めて神経衰弱という単語を使っている「近頃は神経衰弱にて気分勝れず甚だ困り候然し大したる事は無之候へば御安神可被下候」。九月初めに漱石の異常について文部省に電報が送られた。このころの漱石の様子について、土井晩翠は「九月上旬夏目さんをもとの下宿に訪問すると（其訪問は全く偶然であつたか、誰からか病気かと聞いての上であつたか、忘却）驚くべき御様子――猛烈の神経衰弱、――大体に於て『改造』正月号第二十九ページにあなた〔夏目鏡子〕が御述べになつてる通の次第でした」と書いている（「漱石さんのロンドンにおけるエピソード」一九二八年十二月　別巻　一三六）。漱石が、リール姉妹の勧めで、自転車の練習をしたのはこの頃である。「自転車日記」（一九〇三）には「大落五度小落は其数を知らず、或時は石垣にぶつかつて向脛を擦りむき、或る時は立木に突き当つて生爪を剥がす、其苦戦云ふ許りなし、而して遂に物にならざるなり」（十二・六九）と書かれている。漱石は結局自転車に乗れなかったが、戸外での運動と研究以外のことに関心を持ったのが功を奏したのか、症状は改善された。十月には「目下病気をかこつけに致し過去の事抔一切忘れ気楽にのんきに致候」と手紙を書いている。十一月に文部省から漱石を伴って帰国するよう命を受けた藤代禎輔がロンドンを訪れたが、漱石は応じなかった。荷物の整理に時間がかかるという理由だったが、このタイミングで帰国したら、精神異常の噂は真実ということになり、将来に傷がつくと考えたからだろう（漱石は帰国後の就職先として帝大か一高を考えていた）。漱石がイギリスを発ったのは同年十二月五日であり、イギリス滞在は二年二ヶ月だった。

漱石の留学中の神経衰弱については、いろいろな考察がされてきた。ただし、これまでの研究では、下宿を転々としていた時期に神経症が現れず、環境がよいリール宅に落ち着いてから神経衰弱が発生した矛盾については言及がされていない。一つの可能性としては、留学の前半は、漱石はロンドンの生活に慣れるのに精いっぱいで、他のことに考えをめぐらす余裕すらなかったからだろう。住環境はストレスの原因になったことは確かだが、所詮表層的なものであったし、ミルデ家、ブレット家の人たちは神経症を引き起こす原因にはならなかった。クレイグ宅に定期的に通うのは生活のリズムを作ると同時に、気分転換にもなったはずだ。ところが、イギリス生活にある程度慣れ、クレイグの個人教授をやめ、在留日本人との交際も少なくして、ひたすら家にこもりきりになると、気晴らしの機会が減り、研究や将来のことを考えて袋小路に入ったような状態になり、神経症が進んだものと思われる。

末延芳晴は、漱石の神経症の原因として、ロンドンの気候、交通交雑、社会習慣、イギリス人からの差別的視線、家主、現地の官僚と日本人などを挙げる。[9] しかしながら、それらのものへの不満は、漱石の根源的な不安である将来設計から注意をそらし、むしろ漱石が神経症に陥るのを防ぐ役割を果たしていた。さらに、漱石と長尾、渡辺らの在留邦人との間には明らかな経済格差があり、漱石が一部を除いて日本人との交際をしなかったのは、自尊心を傷つけないための防衛だったかもしれない。漱石の留学費用が他の在留邦人並みであったら、事態は変わっていたであろう。帰国の五年後出版された『文学論』（一九〇七）序文に、漱石はイギリス生活について次のように記す。「倫敦に住み暮らしたる二年は尤も不愉快の二年なり。余は英国紳士の間にあつて狼群に伍する一匹のむく犬の如く、あはれなる生活を営みたり」（十四．十二―十三）。この一節については、誇大である、漱石はそれなりにイギリス生活を楽しんでいた、とする意見もあるが、苦の方が多かったということは確かだ。ただし、出口保夫が指摘するように、[10] ロンドン留学の苦労が、作家漱石の文学的基盤を作った。『猫』以来、漱石は留学生活の元を取るように、精力的に執筆活動を開始し、次第に江戸文学の名残りがある風刺文学から、近代日本人が内包する矛盾や分裂を描くようになる。以降、漱石が留学中に研究したイギリス文学を自己の小説にいかに取り入れたかを考察する。

成長しない坊っちゃんと混沌とした赴任地

漱石がディケンズから受けた影響を明確にするため、まず『坊っちゃん』の考察から始めたい。漱石のディケンズへの精通は、複数の媒体で明らかである。『文学論』では「躍如たる描写により讀者の興味を喚起することあるは、尚ほ感覚的材料の場合と異なるところなし。価値なき不快の人事も其描き方巧みなれば、之に対するもの其内容の如何を儲措き、先づ其作家の技倆に感じ入るべし」（十四：一五九）とし、『マーティン・チャズルウィット』（一八四三―四四）のペックスニフ、ギャンプ夫人を好例としている。さらに、象徴的描写の優れている例として、『リトル・ドリット』（一八五五―五七）冒頭のマルセイユの検疫所周辺を照らす太陽の描写を挙げる（十四：二五二）。『消息』では、逼迫した家主の転居に同行することになった心境を「ミカウバーと住んで居ったデヴィッド・カッパーフィールドのような感じ」（一九〇一年四月二〇日、十二：二三）と述べている。『二百十日』（一九〇六）では、圭さんが、『二都物語』（一八五九）を読んだことがないと言う禄さんに、だから君は貧民に対する同情心が薄い、小説中のフランス革命前に貴族がいかに庶民を苦しめたか話してやる、という場面がある（三：二二四―二五）。もっとも、『文学論』には「George Eliot は泰西の小説家中一流に位すべきものにして特に其知的方面に於ては殆ど無比と云うて可なるが如し。されば其作品中性格の解剖には Dickens の通弊たる不都合なく（後略）」いう批評もある（十四：二三二）。一九一一年七月十五日発行の『英語青年』には「Thackeray の文章は實によく締つて居る。巧みなものである。「Dickens の文章は大ざつぱで、Thackeray に比べると遥に劣つて居る。作中の Character でも Thackeray の方がよく描かれて居る」（二五．四一一―一二）と書かれている。

『坊っちゃん』のクライマックスである坊っちゃんと山嵐が赤シャツと野だいこを殴る場面が、『ニコラス・ニクルビー』（一八三八―三九）のプロットを借用していることはすでに定説になっている。ニコラスと坊っちゃんの共通点は、両方とも教師であること、世に出たばかりで世間知が不足していること、直情型の正義漢であること、などである。しかしながら、テクストを精査すると、両者には相違点のほうがむしろ多い。まず、長さの違いはあるだろうが、ニコラスの教師時代が小説のごく最初の一部分に過ぎないのに対して、坊っちゃんは赤シャツたちを殴った後教師をやめ、東京に戻ったところで物語は終わる。ニコラスは母と妹と同居しており、叔父がいる。対照的に、坊っちゃんは、両親から疎まれて育ち、両親の死後、たった一人の肉親である兄とは事実上絶縁しており、天涯孤独である。ニコラスの学校は中流階級のいわくつきの子供の預かり所的なところで、教育水準は低く、体罰が横行している。一方、坊っちゃんが勤務する旧制中学校はエリート養成機関で、学生の家庭環境はよく、教育水準は相当に高く、教師の学生に対する対応は慇懃である。ニコラスはスマイクに深く同情し、生涯の友となるが、坊っちゃんはいなご事件と師範学校との喧嘩を除けば、学生に無関心である。坊っちゃんより、むしろ清とマドンナの性格設定にディケンズの影響が見られる。

清は坊っちゃんの母親代わりで、坊っちゃんとの関係は『デイヴィッド・コパフィールド』（一八四九―五〇）のデイヴィッドとペゴティーの関係と似ている。ペゴティは母親の再婚後冷遇されるデイヴィッドのただ一人の味方であり、デイヴィッドの支えとなる。清もまた、家族の中で孤立している坊っちゃんをかばい、小遣いや菓子をくれるなど、かいがいしく坊っちゃんの世話を焼き、「清は何と云つても誉めてくれる」（二・二五五）と坊っちゃんが言う通り、坊っちゃんに盲目的な愛情を注ぐ。もっとも、デイヴィッドと違い、坊っちゃんは東京にいる間は、清に対して素気なく（照れもあるのだろうが）、清は「昔風の女」で、坊っちゃんとの関係を「封建時代の主従」（二・二五九）と思っているから、自分に好意を持つのだとしか思わない。坊っちゃんが清の美徳に気がつくのは松山に赴任後である。

清と対照的に、マドンナは「色の白い、ハイカラ頭の、背の高い美人」（二・三三四―三五）であり、田舎町には稀なモダンな美女である。マドンナは、うらなりと婚約しているが、不釣り合いは誰の目にも明らかである。うらなりの家運が傾くと同時に、マドンナは赤シャツの接近を受け入れ、町のうわさになる。マドンナの美貌と男性になびかない態度は『大いなる遺産』のエステラを思わせる。だが、マドンナが作中一言も発しないため、マドンナがうらなりと赤シャツをどう思っているか、不明である。坊っちゃんはマドンナを一度見かけた以外は接触を持つことはない。西洋化を具現した女性がプロットに密接に関わるのは『草枕』(一九〇六) 以降である。

上記の他、漱石のロンドン留学の痕跡は、坊っちゃんが金に細かいわりに金銭感覚がないこと、一ヶ月の間に宿屋、いか銀、萩野家と下宿を頻繁に変えていること、いか銀は品がなく、坊っちゃんの茶を失敬するなど、こすからい、萩野家は上品だが、食事がまずい、と不満をもらすところにも伺われる。一方、赴任地は近代と前近代が入りまじり、混沌としている。まず、坊っちゃんの中学校で坊っちゃんを含めて多くの教員がよそ者である。彼らは、新しい専門職である教員になって、立身出世を目指している。それに比べて、地元の旧家出身のうらなりは少数派であり、生気がない。うらなりの宮崎行は時流に適応できない士族が世故に長けたよそ者に敗北した結果ともとれる。坊っちゃんは清を昔風と言い、赴任地は東京に比べて田舎で遅れていると頻繁に言うため、近代側の人間に見える。だが、坊っちゃんは江戸弁を使い、旗本の末裔であることを誇りにするなど、本質は維新前の江戸っ子であり、近代的な東京人とは異なる。この点について、大澤真幸は、坊っちゃんは典型的な明治の立身出世が本来の願望ではなく、肌に合わないことを自覚するようになる、と解釈する。[11] 赤シャツは漱石をパロディ化したような帝大出の虚弱体質の文学士で、西洋文学や絵画を崇拝しており、坊っちゃんとそりが合わない。赤シャツは一筋縄ではいかず、うらなりとマドンナの婚約を知りつつ、マドンナの家に交際を申し込み、マドンナにも秋波を送るなど、旧来の家制度と新しい自由恋愛を都合よく利用する。遠山家は表面古賀家に対する義理を重んじているが、うらなりより条件がよい赤シャツに娘を嫁がせたい本音が明らかである。マドンナは、外見はハイカラだが、作中でマドンナの肉声を聞くことはできず、存在感が薄い。彼女が、うらなりと赤シャツの両方にいい顔をするのは、親の意向が大きいことをうかがわせる。

いとうせいこうと奥泉光は坊っちゃんの未熟さの要因として被害妄想癖とコミュニケーション能力不足とロジックの無さを指摘する。[12] 坊っちゃんの行動は性に合わない田舎で好きでなったわけではない仕事に対してもせめてもの反抗と言えようが、常識的に考えると、宿直中に抜け出す、授業放棄、生徒のからかいにむきになるなど、坊っちゃんの行動には確かに幼児性が感じられる。坊っちゃんの赤シャツと野だいこへの鉄槌は溜飲が下がる場面である。だが、よくよく考えると、赤シャツと野だいこは独身で、芸者と関係を持っても、とがめられることはない。赤シャツたちを殴ったところでマドンナとうらなりを復縁させ、うらなりの宮崎行を阻止することはできない。坊っちゃんと山嵐が師範学校との喧嘩を扇動したという汚名も晴れないままである。坊っちゃんは正直で一本気だが、やることがすべて空回りしており、現状打開には何の役にも立たない。坊っちゃんは一ヶ月の教師生活で、精神的成長をほとんど遂げないまま、東京に帰る。漱石がヨーロッパ文学の伝統に沿った青年の成長を描くのは『三四郎』に持ち越される。

三四郎の東京、漱石のロンドン

『三四郎』は、主人公の五高生小川三四郎が帝大進学のため福岡から上京し、佐々木与次郎、野々宮、広田等の知識階級と知り合い、美禰子に片思いと失恋を通して、成長する物語である。奥泉光は『三四郎』は成長小説、ユーモア小説、風俗小説を兼ね備えた小説と定義する。[13] 紅野謙介は、『三四郎』は明治日本の政治経済的かつ文化的な格差を根底に抱えている、と言う。[14] 作中、すさまじい勢いで発展する東京の街並み、カフェ、洋食屋、美術展、新劇等の都会ならではの風物が三四郎の目を通して描かれる。初めての東京にとまどう三四郎は、ロンドンの雑踏で取り残されたような感じになっていた漱石の姿と重なり合う。『三四郎』出版は漱石がイギリス留学から帰国して六年、教師をやめて朝日新聞の専属作家になってから一年経っていた。三四郎の報われなかった初恋に悲痛さはなく、全体的に若さと明るさが感じられる。念願かなって作家専業になり、ゆとりができて、不愉快な留学生活を青年の成長物語に転化させることによって、漱石はイギリス留学と教師生活に区切りをつけたのだろう。

すでに、指摘されていることであるが、三四郎のように旧制高校から帝大に進むのは当時のエリートの典型であった。旧制高校生活は、北杜夫『どくとるマンボウ青春記』(一九六八) に詳しいが、カントやショーペンハウアーを一通り読み、英語はもちろん、ドイツ語、フランス語を原書で読むのは当たり前とされるところだった。旧制高校の目的は帝大への進学準備であり、よほどのことがない限り、帝大への進学は保証されていた。その分、進学する人間は良家の子弟に限定されていた。三四郎は、父は他界しているが、家は地主で、上京は家と地元の期待を背負ってのことである。三四郎は東京への車中「有名な学者に接触する。趣味品性の具つた学生と交際する。図書館で研究をする。著作をやる。世間が喝采する。母が嬉しがる」（五：二八四）と夢をふくらませている。立身出世とは具体的には世間に名が知られること、財産を築くこと、ステイタスにふさわしい美女との結婚を意味する。

『三四郎』は、東京に行く車中の描写と相席した人妻との同衾未遂から始まる。全体から見ると、東京に着くまでと東京着直後の場面は三四郎のイニシエーションであり、先の生活を暗示している。まず、人妻との一件は、人妻は夫が出稼ぎのため不在中で、欲求不満であることが明らかで、三四郎に露骨に誘いをかける。三四郎は「断る勇気」（五：二七八）がなく、女と同宿するが、結局何もなく、翌朝、「あなたは余つ程度胸のない方ですね」（五：二八二）とからかわれる。このことは、三四郎の奥手と消極性をよく表すと同時に、東広紀が指摘する通り、[15]美禰子への失恋を予告している。次に西洋人夫婦を見かけ、「大変美くしい（略）是では威張るのも尤もだと思つた。自分が西洋に行つて、こんな人の中に這入つたら定めし肩身の狭い事だらうと迄考へた」（五：二九〇―九二）との感想は、イギリスに向かう船中、西洋人と西洋の町並みに劣等感を抱いた漱石と酷似しているし、日露戦争（一九〇四—〇五）勝利後の日本国民の共通意識でもある。最後に、広田との出会いは、日本の現状に対する批判の目である。日本の今後の発展を信じる三四郎に対し、「亡びるね」（五：二九二）との広田の一言は、閉鎖的かつ旧弊な田舎で育った三四郎にとっては革命的であり、三四郎は「真実に熊本を出た様な心持ち」がし、「熊本に居た時の自分は非常に卑怯」（五：二九二）と自覚する。広田に出会うことによって、三四郎は田舎の秀才であり、それまで習得した知識は既成概念の寄せ集めでしかなく、東京は三四郎の修行の場となることが予見される。

東京到着直後は、電車、人の多さ、丸の内、建築と解体中の建設現場など、田舎とは全く違う景色に「普通の田舎者が始めて都の真中に立つて驚ろく同じ程度に、又同じ性質に於て大いに」（五：二九三）驚き、今までの自信が四割減り、不快を感じると同時に、「明治の思想は西洋の歴史にあらはれた三百年の活動を四十年で繰り返している」（五：二九四）と概観する。変化著しい東京に比べて、母からの初めての便りは健康への注意、馬の急死、三輪田のお光さんのことなど、退屈極まることばかりで、三四郎は「古ぼけた昔から届いた」ようで、「こんなものを読んで居る暇はない」と考え、そのあと良心の呵責を覚え、母は古い人で古い田舎にいるから、と思い直す。荻上チキは『三四郎』は三四郎が東京を田舎の上に位置づけ、田舎差別を強化する物語と解釈する。[16] ここで、三四郎に象徴されるこの時代の日本人、特に知識層が近代と前近代の価値観の間で揺れ動いていたことが示される。三四郎の場合、価値観の対立は知的レベルにとどまらず、女性の選択にも表れる。

『三四郎』に先立つこと四五年前、『大いなる遺産』において、ディケンズはピップの突然の相続、階級的上昇、田舎からロンドンへの移動、女性の選択を通し、個人の中での異なる価値観の対立を描いた。ピップは財産相続してから、ジェントルマンにふさわしい教育を受けるため、ロンドンに出て、田舎で鍛冶屋をしていたころと生活が一変する。三四郎と同様、ビディから姉の様子、ジョーのピップ訪問の意図を聞くと、ピップは混乱と恥辱を感じ、「金でジョーを遠ざけられるなら、絶対金を払う」（二六章）と思う。それでいながら、ジョーとビディのことをだんだん忘れていくことには罪悪感を感じてもいる。女性の選択に関しては、ビディはピップと同じ階層で、優しく従順で、ピップも頼りにしていて、ビディと結婚すれば、平穏な生活は保障されている。それにもかかわらず、ピップは、階層が上で、ピップに対して高慢でつれない態度を取り続けるエステラに惹かれるのをどうしようもない。三四郎にしても、母親お気に入りのお光さんを選べば母は安心するることがわかっていながら、都会的な美女美禰子にわけがわからず惹かれている。ピップと三四郎は、自分のスペック以上の女性に魅力を感じ、振られるところが共通する。

三四郎の価値観の分裂は「三つの世界」（五：三六三）という言葉で表現される。第一の世界は母親とお光さんがいる故郷の田舎であり、「凡てが平穏である代りに凡てが寝坊気てゐる」（五：三六三）ので、その気になればいつでも帰れるが、当面帰る気はしない。東京での立身出世を願う三四郎がここに戻るのは敗北を意味する。第二の世界は広田、野々宮らがいて、三四郎に知的刺激を与える教育の場所である。前述のように、広田は日本の近代化を批判し、与次郎は大学の講義より市中を歩くほうがためになることを三四郎に気づかせ、三四郎の既成観念を覆す。だが、広田は出世に興味がなく、超然としているし、野々宮の研究は海外で認められていても、金にならない。世俗での出世を望む三四郎があまり深入りしてはならない場所でもある。第三の世界は美禰子がいる良家の子女との社交生活である。この世界は三四郎の憧れであるが、手が届かない場所でもある。この三つの世界が共存する出世の方法は唯一つ、母を東京に呼び、美禰子と結婚し、研究生活を送ることと三四郎は思い定め、とりわけ美禰子を得ることが何よりという結論に達する。

美禰子は漱石の「新しい女」の一人であり、平塚らいてうをモデルとしたと言われている。エステラと同様、美禰子は美しく、金があり、男性との交際に自信があり、それでいながら、特別好きでない男性と突然結婚する等、最後まで三四郎や読者の理解を超えた女性として描かれている。漱石の時代の中流階級の未婚女性と違い、美禰子は自分の財産を持ち、男性と気軽に外出し、英語を話す。美禰子は両親がおらず、兄と二人暮らしで放任されていることも、美禰子が自由に振る舞える要因だ。美禰子の周囲の男性は美禰子の風変りさと知性をしばしば話題にする。例えば、広田は、美禰子はイプセンの女性のように向こう見ずで、嫌いな男性と結婚はしないだろう、と言う。『坊っちゃん』のうらなりとマドンナの婚約のように、この時代は、通常親や親戚が結婚の取り決めをし、恋愛結婚は稀だった。また、原口は美禰子の美しさは日本の伝統的な美しさと違うと言

象徴となりうる。

つまり、田舎ではお目にかかれない、才気煥発で洗練された女性であり、三四郎の立身出世の象徴となりうる。

名古屋の同衾未遂と同様、初対面の時から、三四郎は美禰子に振り回されている。まず、美禰子は三四郎の前で花を落とし、三四郎の気を引くと同時に野々宮に見せつけることによって、野々宮の気をも引く。美禰子は、外見は良家の令嬢だが、本質はコケットである。さらに、美禰子は自分の本音を決して語らないことによって、三四郎に自分を追いかけさせる手管がある。三四郎と美禰子の関係のクライマックスが、美禰子が三四郎に「ストレイシープ」の意味を尋ねる場面である。「ストレイシープ」は『三四郎』の中でもっともよく知られた語であると同時に、美禰子の性格を表現するコンセプトでもある。「ストレイシープ」は『マタイ書』十八章の「ある人に百匹の羊があり、その中の一匹が迷いでたとすれば、九十九を山に残しておいて、その迷い出ている羊を探しに出かけないであろうか。もしそれを見つけたなら、よく聞きなさい、迷わないでいる九十九匹のためよりも、むしろその一匹のために喜ぶであろう」から来ている。美禰子が「ストレイシープ」とつぶやく場面は、美禰子の結婚への迷い、現状逃避願望を表している。同世代の他の女性に比べ、美禰子は自由であり、好きなことができる。しかし、美禰子は彼女の自由がつかの間のもので、結婚すれば男性中心の家庭に押し込められ、女性であるというだけで、世間が課す様々な制約に縛られることを承知している。美禰子が好意を持っている野々宮なら、結婚しても、ある程度好きに振る舞えるだろうが、野々宮は研究第一で、当面結婚は無理な経済状況だ。しかし、美禰子の兄の結婚が決まっており、新婚家庭で邪魔者扱いされるのは美禰子のプライドが許さないため、野々宮がその気になるのを待つ余裕はないし、適齢期を過ぎて独身でいるのは世間体が悪い。この時代の中流女性の常で、美禰子に自活の手段はないし、世間の目に耐えるだけの強さはない。美禰子はストレイシープのように、世間から逃れたくても、誰かと結婚するしか、生きるすべがない。美禰子の自由は、所詮男性の庇護の範囲にとどまる中で許されるものでしかない。美禰子の突然の結婚は、新しい女は上辺だけで、女性の地位は封建時代と変わらないことを示唆する。結末で、三四郎が「ストレイシープ」と反復するのは、美禰子への愛着とも、世間から逃げ出したい美禰子を連れ戻すことも、美禰子と一緒に逃げ出すこともできないはがゆさとも読める。

結論

産業革命期のイギリス社会のひずみや矛盾を書いたディケンズと同様、漱石は近代化を遂げる日本で、知的かつ感受性豊かな人間が感じたであろう違和感や居心地の悪さを、目まぐるしく変化する生活スタイルや価値観を通して描いた。ニコラスと坊っちゃんは敵対的な環境で生計を立てなければならない。ピップと三四郎は過去と新しい生活の中で葛藤を経験し、新しい生活の魅力を体現する女性への恋愛とその破綻を通して、成長する。

ディケンズと漱石は青年が世に出るプロセスを綿密な心理描写や詳細な事物のスケッチを通して描いた。ディケンズのロンドン、漱石の東京は当時の歴史資料と比べても遜色がない。ただし、ディケンズの登場人物と比較すると、漱石の登場人物の階層は非常に限られている。ディケンズの何人かの登場人物の性格設定を取り入れながらも、漱石は下層階級を描くことができなかった。これは、漱石が当時最高水準の教育を受けたエリートで、教師と学生の世界しかしらなかったからだ。さらに、朝日新聞社に入社してからは、連載小説の読者は山の手の知識階級を想定していた。[17]だが、中流階級が主たる読者層だったディケンズがロンドンの下町や工場労働者、犯罪者を書いたのと対照的に、漱石は『坑夫』（一九〇八）以外は肉体労働者を書かなかった。

男性に比べ、漱石の女性登場人物が一部を除いて存在感が薄いのは、漱石の時代の日本の文化風土の表れである。清は最初と最後の章に登場するだけである。マドンナは坊っちゃんが垣間見る形で一度登場する以外、一言も発しない。美禰子は清やマドンナより、密接にプロットにかかわるが、エステラに比べると、控えめである。漱石は様々な登場人物を通して近代化する日本の様態を書いたが、近代化は男性の領域にのみ起こり、女性の社会的地位や役割は維新前とほとんど変わらない。ディケンズと漱石は社会の近代化を象徴する風物や事象を丹念に描いたが、近代化の主役はあくまでも男性であり、女性は除外されていた。

註

1 本文中の漱石の著作からの引用は『漱石全集』全二八巻+別巻（岩波書店，一九九三—九七）により、括弧内に、巻数、ページ数を記す。書簡、日記からの引用は括弧内に年月日を記す。
2 江藤淳『朝日小事典　夏目漱石』（朝日新聞社，一九七七）二〇七頁．
3 出口保夫『漱石と不愉快なロンドン』（柏書房，二〇〇六）十四頁．
4 平川祐弘『夏目漱石　非西洋の苦闘』（新潮社，一九七六）一五六—五七頁，出口保夫，アンドリュー・ワット編『漱石のロンドン風景』（研究社，一九八五）三〇—三一頁．
5 出口　風景　十七頁．
6 出口　不愉快　五九頁．
7 末延芳晴『夏目漱石ロンドンに狂せり』（青土社，二〇〇四）二七三—三〇〇頁．
8 出口　風景　二〇頁，不愉快　八一頁．
9 末延　四五五頁．
10 出口　風景三二一頁．
11 大澤真幸「坊っちゃんは水甕の中から出られるのか」，石原千秋編『夏目漱石『坊っちゃん』をどう読むか』

（河出書房新社，二〇一七）三八頁．
12　いとうせいこう、奥泉光「ちょっと寂しい童貞小説『坊っちゃん』」，石原千秋編『夏目漱石『坊っちゃん』をどう読むか』（河出書房新社，二〇一七）十六―二九頁．
13　奥泉光、いとうせいこう「夏目漱石『三四郎』を読む」，石原千秋編『夏目漱石『三四郎』をどう読むか』（河出書房新社，二〇一四）十六頁．
14　紅野謙介「パリで読む『三四郎』」，石原千秋編『夏目漱石『三四郎』をどう読むか』（河出書房新社，二〇一四）三七頁．
15　東浩紀「三四郎は名古屋で同衾すべきだった」，石原千秋編『夏目漱石『三四郎』をどう読むか』（河出書房新社，二〇一四）三二頁．
16　荻上チキ「近代ごっこ。青年は次に誰を見下す？」石原千秋編『夏目漱石『三四郎』をどう読むか』（河出書房新社，二〇一四）三三頁．
17　石原千秋『漱石と日本の近代（上）』（新潮社，二〇一七）二四―二九頁．

参照文献

Dickens, Charles. *David Copperfield*. Ed. Nina Burgis.1849–50. Oxford: Clarendon, 1981.
——. *Great Expectations*. 1860–61. Ed. Charlotte Mitchell. Harmondsworth: Penguin, 2002.
——. *Nicholas Nickleby*. 1838–39. Ed. Paul Schlicke. Oxford: OUP, 2009.
東浩紀「三四郎は名古屋で同衾すべきだった」．石原千秋編『夏目漱石『三四郎』をどう読むか』．河出書房新社，二〇一四年．三〇―三二頁．

石原千秋『漱石と日本の近代（上）』．新潮社，二〇一七年．

いとうせいこう、奥泉光「ちょっと寂しい童貞小説『坊っちゃん』」．石原千秋編『夏目漱石『坊っちゃん』をどう読むか』．河出書房新社，二〇一一七年．一〇—二九頁．

江藤淳『朝日小事典　夏目漱石』．朝日新聞社，一九七七年．

大澤真幸「坊っちゃんは水甕の中から出られるのか」．石原千秋編『夏目漱石『坊っちゃん』をどう読むか』．河出書房新社，二〇一七年．三六—四〇頁．

荻上チキ「近代ごっこ。青年は次に誰を見下す？」石原千秋編『夏目漱石『三四郎』をどう読むか』．河出書房新社，二〇一四年．三三—三六頁．

奥泉光、いとうせいこう「夏目漱石『三四郎』を読む」．石原千秋編『夏目漱石『三四郎』をどう読むか』．河出書房新社，二〇一四年．一〇—二九頁．

末延芳晴『夏目漱石ロンドンに狂せり』．青土社，二〇〇四年．

『漱石全集』全二八巻＋別巻．岩波書店，一九九三—九七年．

出口保夫『漱石と不愉快なロンドン』．柏書房，二〇〇六年．

出口保夫、アンドリュー・ワット編『漱石のロンドン風景』．研究社，一九八五年．

平川祐弘『夏目漱石　非西洋の苦闘』．新潮社，一九七六年．

紅野謙介「パリで読む『三四郎』」．石原千秋編『夏目漱石『三四郎』をどう読むか』．河出書房新社，二〇一四年．三七—三九頁．

第3章

ハリー・ポッター、父になる

武井　暁子

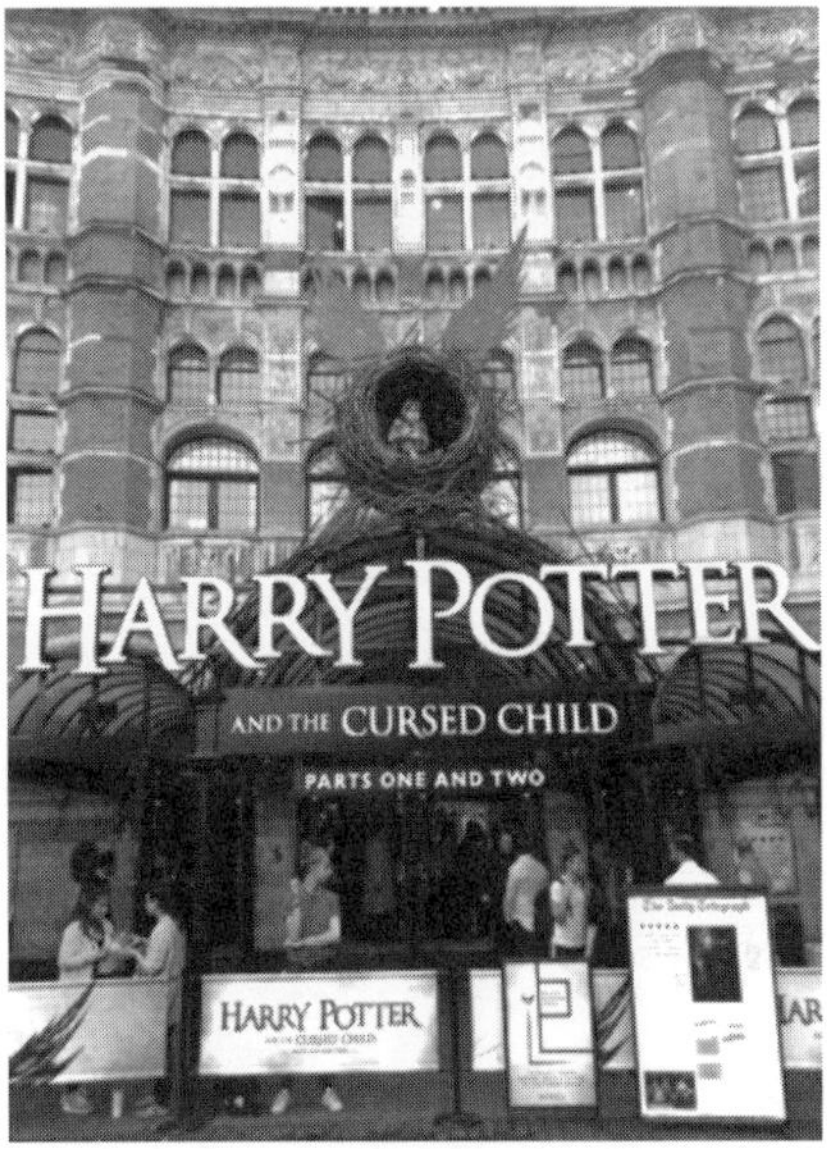

ロンドン、パレス・シアター前
撮影：武井暁子

ハリポタビジネスは大成功

二一世紀になってからの、世界一のベストセラーが『ハリー・ポッター』の連作であることは確かだろう。一九九七年に『ハリー・ポッターと賢者の石』が出版されると、またたく間に爆発的な人気を呼び、日本を含め、世界中で愛読者が増えた。二作目以降も勢いは止まらず、累計四億五千万部以上を売り上げた。著者J・K・ローリングは一九九五年夏まで生活保護を受けていたシングルマザーであったが、時の人となり、歴史上最も多くの報酬を得た作家と言われるほどになった。[1]二〇〇一年から始まった映画作品もまた大ヒットとなり、興行収入は世界歴代第二位にランクインし、主演のダニエル・ラドクリフ、ルパート・グリント、エマ・ワトソンの総資産は数十億単位と言われている。ハリー・ポッターの名前をつけたアミューズメントパークがフロリダ、ロンドン、ハリウッド、日本に建設され、こちらも大人気だ。『ハリポタ』は二〇〇七年に最終の七巻が出版されたが、人気は衰えず、ハリーがホグワーツ卒業から十九年後を描いた『ハリー・ポッターと呪いの子』が、二〇一六年七月三〇日にロンドン、パレス・シアターでワールド・プレミア公演があり、現在（二〇一七年九月）まで興業が続いている。チケットは一年先まで完売である。脚本はプレミアの翌日にリハーサル版が出版され、日本語訳がすぐに出版されたが、公式版出版までに時間がかかり、二〇一七年七月一日にようやく刊行された。二〇一八年春からニューヨークでも公演が始まり、十月一日からチケット受付開始である。フィクションが世界規模のビジネスに結びついた例は、ハリー・ポッター以外に探すのが難しい。

ウォルト・ハチンスンは、ハリポタビジネス成功の要因として、映画配給したワーナー・ブラザーズのハリウッドスタイルのキャンペーン、キャラクター商品、秀逸なマーケティングなどを挙げる。[2]だが、『ハリポタ』のここまでの人気は、原作の面白さあってのことだ。『ハリポタ』は、学園物で少年が主人公なので、作者ローリングが主要読者と想定した子供が感情移入しやすい。一巻でハリーの一年間の学校生活を描くので、読み切りとして読むこともできるし（二作目以降は前作を読んでいないとわかりにくいが）、二巻、三巻と読み進めるうちにハリーたちの成長過程がわかる。ハリー、ロン、ハーマイオニーたちはごく普通の少年少女であり、リアリティがある。脇役にしても、学校を舞台にしているので、教師、生徒、その縁者の形で登場人物を無理なく増やすことができ、長期シリーズになっても、マンネリ化しない。シリーズがハリーの卒業をもって終わることがあらかじめわかっているので、読者は飽きることなく、次作を待つことができる。また、魔法学校であるため、予言、蘇り、タイムトラベルといったプロットを自然な形で作品に組み込める。リアリティとファンタジー、日常と非日常が絶秒にバランスを取っている例は、『ハリポタ』の他に類を見ない。

とはいえ、『ハリポタ』が少年少女の読物にとどまっている間は、一般的な人気は得られず、出版史、映画史の記録に残るような成功は収められなかっただろう。『ハリポタ』は大人もひきつける作品である。例えば、イギリス文化や歴史に興味がある人間なら、『ハリポタ』がイギリス社会をリアルに描き、諷刺を多分に含んでいることはすぐわかる。ホグワーツ生にアイルランド系、中国系、インド系、アフリカ系の名前があり、イギリスは移民社会ということを示す。ホグワーツの四つのハウスの対抗制度、ポイントシステムによる生徒管理はパブリックスクールがモデルになっている。OWL（ふくろう）、NEWT（いもり）と呼ばれる試験はOレベルとAレベル試験のパロディである。魔法省の事なかれ主義と干渉、無能さは、ディケンズ『リトル・ドリット』（一八五五―五七）を思わせる。魔法使い同士の間に生まれた純潔（pure blood）、魔法使いとマグル（非魔法使い）との間に生まれた半純潔（half-blood）、マグル同士の愛に生まれたマグル出身（muggle-born）と魔法使いの中に序列があり、ハグリッドのような魔法使いと巨人の間に生まれたものはさらに下に見られる。魔法使いの下にゴブリン（goblin）、しもべ妖精（house elf）がいて、両者の間には越えられない上下関係がある、というように、魔法界は家柄、財産、社会的地位等による序列が細かく定められた階級社会なのだ。その他、同胞愛、家族愛、社会正義、無私、生と死、自由などのテーマが各巻の随所に散りばめられている。

『賢者の石』『秘密の部屋』『アズカバン』——ハリーと三人の「父」

『ハリポタ』がブームになるにつれて、賛否両論巻き起こり、著書や論文が数多く書かれてきた。その考察は、宗教、ジェンダー、大衆文化、ジャンル論など、様々である。だが、七巻までを時系列的に読み、ハリーの成長過程を考察したものは、筆者が知る限り、限られている。例えば、アンドレア・ストジルコフは、『ハリポタ』は教養小説と学園物のつぎはぎ細工のようなものと言う。[3]中村圭志『徹底分析！ハリー・ポッター』（二〇一六）は、登場人物解説、呪文の解説、重要な出来事、各巻ごとの主題を細かく分析し、日本人には理解が難しい『ハリポタ』のキリスト教的要素を解説し、最新の『呪いの子』まで網羅するなど、いたれり尽くせりである。中村は『ハリポタ』は成長物語的、または教養小説風と認めているが、『ハリポタ』の教養小説的な枠組みは明らかにしていない。[4]しかしながら、『ハリポタ』はハリーの一年ごとの成長記録であり、ジェローム・ハミルトン・バックリーの教養小説の定義を借りると、「主人公が多かれ少なかれ意識的に自分の力を完全にし、経験によって自己啓発し、包括的発展または自己修養を成し遂げる小説」である。さらに、イギリス教養小説の重要テーマである父親または父親的役割を果たす人物との確執、階級移動、将来への準備と恋愛などの要素も含んでいる。[5]この中で、父親に焦点をあてると、シリーズ前半はダンブルドア、スネイプ、シリウスがハリーの父親代理として訓育を行い、後半はハリーが彼らの死を乗り越え、一人前になり、結末でハリーが父親になり、生まれた子供に父親と彼らの名前を合わせてつけて、ハリーと父親たちの関係が新たな形で継続するという図式が見える。そこで、本章では、ハリーと彼の父親的存在の関係に焦点をあて、ハリーの成長過程を明らかにする。

第一作『賢者の石』(一九九七)は、主人公ハリーの誕生から始まり、魔法使いの血が流れていることを初めて知り、ホグワーツに入学し、一年生を終えるまでを描く。教養小説では、主人公が不愉快な家を出るステージだ。ハリーの幼少期は『ジェイン・エア』(一八四七)、『デイヴィッド・コパフィールド』(一八四九―五〇)を思わせる。ローリングは二章を費やして、よそ者の子供がいかに阻害され、虐待されるか、またそのような虐待がいかに子供のパーソナリティ形成に影響を及ぼすかを丹念に描く。伯母夫婦の家で、ハリーは蜘蛛が這いまわる階段下の物置を与えられ、こき使われ、ぼろを着せられ、家族行事から仲間外れにされ、従兄とその仲間からいじめられ、と様々な迫害を受ける。だが、ハリーにとってもっともつらいのは肉体的迫害よりも、精神的迫害である。ハリーの両親の死への疑問は、常に「質問は許さない」(一・二)の答えで打ち切られる。[6] また、伯母たちは、家族で遊びに行く際、どこにハリーを預けるかという相談を「ハリーの目の前で、本人をまるで無視して」(一・二)話す。前者は、孤児のハリーが自分のルーツを知る機会を奪い、後者はハリーの存在そのものを否定する行為である。つまり、ハリーは、ホグワーツ入学前は、アイデンティティ確認と自我の発達の機会を一切奪われているわけである。

メアリ・S・ブラックとマリリン・J・アイゼンワインは、ホグワーツ教育目的の一つは自己発見を後押しすることであり、ハリーは時間をかけて過去について知ると指摘する。[7]「おまえは自分が何者か知らんのだな？」「魔法界の子どもは一人残らずハリーの名前を知っているというのに、ハリー・ポッターが自分のことを知らんとは！」（一・四）とハグリッドが言う通り、ハリーのホグワーツでの一年目は、彼の奪われたアイデンティティを取り戻す作業である。他人がハリーのことをよく知っているのに、ハリーが自分のことを知らないという異常さは、『賢者の石』前半の随所で語られる。パブ「漏れ鍋」では、バーテンや年配の客たちがハリーに握手を求め、ハリーはとまどう。ホグワーツ行きの列車の中では、「君、ほんとにハリー・ポッターなの？」「あなたのこと、『近代魔法史』『黒魔術の栄枯盛衰』『二十世紀の魔法大事件』なんかに出てるわ」（一・六）と言われ、呆然とする。ハウス決定の際は、ハリーの名が呼ばれると「シーッというささやきが波のように」広がり（一・七）、初めての授業日には教室移動の際、他の生徒が「つま先立ちでハリーを見ようとしたり」、「わざわざ逆戻りしてきてジロジロ見たり」（一・八）など、ハリーのアイデンティティの取戻しは外的要因のため、困難な作業になる。

ハリーは魔法界で自己発見をするために、熟練した導き手を必要とする。ホグワーツ教師の中でハリーの人格形成にもっとも深く関わるのはダンブルドアだ。ダンブルドアは、著名な魔法使いであり、ハリーの両親とヴォルデモートの思春期を知る数少ない人物である。彼は、作中を通して、善、英知、無私を体現する人物として描かれ、ハリーが生まれた時から、ハリーの庇護者である。「ダンブルドアはいつも、僕［ハリー］自身に何かを見つけ出させた。自分の力を試し、危険をおかすように仕向けた」（七．二二）、「わしら［ダンブルドアとスネイプ］があの子［ハリー］を護ってきたのは、あの子に教え、育み、自分の力を試させることが大切だったからじゃ」（七．三三）と語られるように、ダンブルドアは『連獅子』の親獅子のごとく、ハリーに試練を与え、這い上がってきたら、また別の試練を与え、を繰り返し、ハリー生来の勇気や正義感を覚醒させていく。さらに、クリスマスプレゼントに、上手に使うように、とのメッセージ付きで、ハリーに父親愛用の透明マントを与える（このアイテムは、ハリーの武器になり、最終巻で重要な意味を持つことがわかる）。ダンブルドアは、ヴォルデモートはずばぬけた才能があっても、使い方を間違えて、悪の道に踏み込んだものと理解しており、ハリーが同じ道を歩まぬよう気を配っている。ダンブルドアが大団円でハリーに与える言葉は、常に教育的メッセージを含んでいて、ハリーに自らの行動を顧みて、今後の指針になるようにとの意図がある。『賢者の石』のダンブルドアの教えは次のとおりだ。

結局、きちんと整理された心を持つ者にとっては、死は大いなる冒険に過ぎないのじゃ。よいか、『石』はそんなにすばらしいものではないのじゃ。欲しいだけのお金と命だなんて！

ハリー、ヴォルデモートと呼びなさい。ものには必ず適切な名前を使いなさい。名前を恐れていると、そのもの自身に対する恐れも大きくなる

君の母上は、君を守るために死んだ。ヴォルデモートに理解できないことがあるとすれば、それは愛じゃ。君の母上の愛情が、その愛の印を君に残していくほど強いものだったことに、彼は気づかなかった。(一・十七)

ホグワーツでの授業が魔法の技術と知識を習得するものなのに対し、ダンブルドアの教えは、魔法使いとしての倫理である。例えば、上記の引用で、ダンブルドアは、ハリーの両親は無駄死にしたわけではないこと、無私の愛は邪悪なものに打ち勝つ力があること、物に執着するのは愚かであること、邪悪を倒すには恐怖心を捨てなければならないことをハリーに教える。以降、様々な試練の中で、無私と恐怖心の克服はハリーの人間形成に大きく関わる。

第二作『秘密の部屋』(一九九八)では、ハリーがスリザリンの末裔であると疑われ、『賢者の石』で確立したかに見えたハリーのアイデンティティが早くもゆらぐ。

——僕はサラザール・スリザリンの子孫なのだろうか?——ハリーは結局父親の家族のこと

を何も知らなかった。ダーズリー一家は、ハリーが親戚の魔法使いのことを質問するのをいっさい禁止した。

――でも、僕はグリフィンドール生だ。僕にスリザリンの血が流れていたら、「組分け帽子」が僕をここに入れなかったはずだ……。

「フン」頭の中で意地悪な小さい声がした。「しかし、『組分け帽子』は君をスリザリンに入れたいと思った。忘れたのかい？」（二・十一）

『賢者の石』で見せたハリーの資質は、危機的状況で瞬発的に発揮された。一歩進んで、『秘密の部屋』では、「スリザリンの継承者」探しをすることによって、ハリーの正義感と勇気は本物なのか、勇敢な両親の子であり、グリフィンドールに入るべき人間とのハリーの自己認識は正しいのか、ハリーが自分で証明することが課題となる。

ハリーに課された課題解決に、ダンブルドアは『賢者の石』よりも、一歩引いた形で手を差し伸べる。「スリザリンの継承者（ヴォルデモートと彼が匿っている蛇）」による四人目の犠牲者が出た後、ダンブルドアはハリーと面談するが、ハリーがダンブルドアの助けを借りたくないのがわかると、ハリーの意志を尊重する。結末のハリーとの対話で、ダンブルドアは、ハリーはグリフィンドール的美徳とされる勇気があり、ハリーは入るべくしてグリフィンドールに入ったことを受けあう。

「サラザール・スリザリンが自ら選び抜いた生徒は、スリザリンが誇りに思っていたさまざまな資質を備えていた。きみもたまたまそういう資質を持っておる。スリザリン自身の、希にみる能力である蛇語……機知に富む才知……断固たる決意……やや規則を無視する傾向」

「帽子が僕をグリフィンドールに入れたのは」ハリーは打ちのめされたような声で言った。
「僕がスリザリンに入れないでって頼んだからにすぎないんだ……」

「そのとおり」ダンブルドアがまたにっこりした。
「それだからこそ、きみがトム・リドルと違う者だという証拠になるんじゃ。ハリー、自分が本当に何者かを示すのは、持っている能力ではなく、自分がどのような選択をするかということなんじゃよ」

「真のグリフィンドール生だけが、帽子から、思いもかけないこの剣を取り出してみせることができるのじゃよ、ハリー」（二：十八）

『賢者の石』『秘密の部屋』を通して、ダンブルドアはハリーにヴォルデモートとの因縁を教え、ハリーがヴォルデモートを倒す潜在能力を十分備えていることをハリーに自覚させる。

第三作『アズカバン』(一九九九)は、ハリーの父ジェームズの親友だったシリウスが登場し、前二作に比べて、プロットが二転三転し、冤罪、裏切り、変身術、まね妖怪、秘密の通路など、本物と偽物の区別がつけにくい世界だ。シリウスがヴォルデモートの手下であり、ハリーの両親の死に関係していると同時に、ハリーを狙っているという噂は、力の差が歴然としている者に立ち向かわなければならない試練をハリーに与える。さらに、封印していた両親が殺された時の記憶がよみがえる。ハリーが、両親とシリウスの間に何があったか真相を解き明かす過程は、ハリーが押し込めていた恐怖心と向き合うとともに、物事には何事も裏があり、表面に現れていることが必ずしも真実とは限らないこと、正義や勇気が必ずしも万能ではないことを悟る機会となる。

シリウスは、純潔の名門の家に生まれ、気品あるハンサムである。ホグワーツ在学時は「[ジェームズと]いつでも、一緒影と形のよう」「いたずらっ子たちの首謀者」「非常に賢い」(三・十)と形容され、ジェームズとともにスター的存在だった。彼は、明朗活発で信義に厚く、ジェームズへの友情は生涯変わらない。だが、エミー・M・グリーンが指摘するように、シリウスには、自分のサークル以外の人間には不遜で、無意識に残酷であり、[8]内心格下に見ていたペディグリューが反旗を翻すとは思いもよらない。シリウスの冤罪はペディグリューの劣等感ゆえの復讐である。シリウスの潔白が判明し、シリウスはペディグリューを殺そうとするが、ハリーは「僕の父さんは、親友が――おまえみたいなもののために――殺人者になるのを望まないと思っただけだ」（三：十九）と言い、ペディグリューをアズカバンに突き出すことを決める。ところが、隙を見て、ペディグリューが逃げ出し、シリウスの冤罪は晴れずに終わる。自分の選択を悔やむハリーにダンブルドアは次のように言う。

「『逆転時計』の経験で、ハリー、君は何かを学ばなかったかね？　我々の行動の因果というものは、常に複雑で、多様なものじゃ。だから、未来を予測するというのは、まさに非常に難しいことなのじゃよ（略）君は実に気高いことをしたのじゃ。ペディグリューの命を救うという」

「でも、それがヴォルデモートの復活につながるとしたら！――」

「ペディグリューは君に命を救われ、恩を受けた。君は、ヴォルデモートの下に、君に借りのある者を腹心として送り込んだのじゃ。魔法使いが魔法使いの命を救うとき、二人の間にある種の絆が生まれる……ヴォルデモートが果たして、ハリー・ポッターに借りのある者を、自分の召使いとして望むかどうか疑わしい。わしの考えはそうはずれておらんじゃろ」

「僕、ペディグリューとの絆なんて、ほしくない！　あいつは僕の両親を裏切った！」

「これはもっとも深遠で不可解な魔法じゃよ。ハリー、わしを信じるがよい……いつか必ず、ペディグリューの命を助けて本当によかったと思う日が来るじゃろう」

ハリーにはそんな日が来るとは思えなかった。ダンブルドアはそんなハリーの思いを見通しているようだった。

「ハリー、わしは君の父君をよう知っておる。ホグワーツ時代も、そのあともな」ダンブルドアがやさしく言った。「君の父君も、きっとペディグリューを助けたに違いない。わしには確信がある」(三　二二)

中村圭志は、この場面はダンブルドアの教えは倫理的であると同時に、貸し借りの関係で将来の自分の利益を見越した功利的要素も含むと解釈する。[9] だが、ダンブルドアの言いたいのは、「目には目」の否定と、『ローマ人への手紙』十二章の「あなたがたは、できる限りすべての人と平和に過ごしなさい。愛する者たちよ。自分で復讐をしないで、むしろ、神の怒りに任せなさい。なぜなら、『主が言われる。復讐はわたしのすることである。わたし自身が報復する』と書いてあるからである。もしあなたの敵が飢えるなら、彼に食わせ、かわくなら、彼に飲ませなさい。そうすることによって、あなたは彼の頭に燃えさかる炭火を積むことになるのである」ということである。ダンブルドアはヴォルデモートを倒すことは魔法界の秩序と平和のためであり、ハリーの私怨を晴らす手段であってはならない、との信念で、たとえ、シリウスの冤罪が晴れなくとも、ハリーを評価したのである。「殺すなかれ」の思想は、全編通じて、ハリーたちの魔法が武装解除や浮遊術にとどまり、敵に致命傷を与えていないことからもわかる（ヴォルデモート撃退は、ヴォルデモートの術がはね返ったためであり、ハリーは自分から攻撃していない）。

ダンブルドアとシリウスが表面からハリーを訓育し、サポートするのに対し、スネイプは影の立場からハリーを守る。スネイプは、魔法使いとマグルの半純潔出身で、ハリーの母リリーにホグワーツ入学前から好意を持っていた。ホグワーツでは、ジェームズとシリウスたちがキラキラしていて人気者だったのに比べて、スネイプは闇魔術に傾倒する陰気でさえない外見の持ち主だったため、ジェームズたちにいじめられ、ジェームズとリリーが結婚したため、ずっとジェームズを憎んでいる。長じて、スネイプはヴォルデモート傘下に入ったが、リリーの死をきっかけに改心し、ダンブルドアの命でヴォルデモートのスパイをするとともに、ヴォルデモートたちに対してはダンブルドアたちのスパイをしているように見せかける、というややこしい役回りを引き受ける。スネイプの外見は「ねっとりとした黒髪、鉤鼻、土気色の顔」（一・七）、「育ち過ぎたこうもり」（一・十七）、（六・九）と形容され、粘着質で、『イソップ』で鳥に向かっては獣と言い、獣に向かっては鳥と言った蝙蝠のように二面性を持ち、『ハリポタ』の中でもっとも理解が難しい人物である。

スネイプのハリーに対する屈折した感情は、ハリーがホグワーツに来て早々に始まる。組み分け終了後の晩餐会で、ハリーと目をあわせた途端、ハリーのトレードマークの額のあざが痛み出し、ハリーは「あの目はハリーが大嫌いだと言っていた」（一・七）と直感する。最初の授業で、ハリーの直感は「スネイプはハリーのことを嫌っているのではなかった――憎んでいるのだった」（一・八）と悪い方に修正される。スネイプの授業は、生徒のレベルよりはるかに難しい内容を一方的に詰め込むやり方で、授業についてこられない生徒を公然と馬鹿にする。好き嫌いが激しく、自分のハウスの生徒（特にマルフォイ）はひいきし、嫌いな生徒（特にハリーたち）は細かいミスをあげつらい、気に入らないと減点する。校則にやかましく、「やや規則を無視する傾向」（一・十七）があるハリーたちは頻繁に罰を受けている。暴君そのものであるが、魔法力は高く、優秀な教師であり、ダンブルドアや他の教師から一定の評価を得ていて、生徒たちはOWLやNEWTでよい成績をおさめる。後に、スネイプのハリーへの憎悪はハリーがジェームズに似ているからということが判明するが、ハリーは父親と違って、目立ちたがり屋の自信家ではないし、成績は中の上くらいである。スネイプのハリーへの当たりのきつさは逆恨みでしかないのだが、ダンブルドアはハリーにスネイプに敬意を払うことと絶対の服従を課す。ハリーにとって、スネイプは、絶対的な権威、理不尽な支配、といったネガティヴな男性性を象徴する存在であり、理性的で公正なダンブルドア、友愛的なシリウスと違う形で、ハリーの人格形成に関わる。

『ゴブレット』『騎士団』『プリンス』――「父」の喪失と「選ばれし者」の使命

『ハリポタ』シリーズ後半では、ハリーの「父親」たちが一人ずつ死に、ハリーが自立へと踏み出す過程が描かれる。まず、第四作『ゴブレット』（二〇〇〇）はページ数が『アズカバン』の二倍になり（ローリングがパソコンを買う余裕ができたからという説がある）、シリーズの転換点となる作品である。ストーリーはクイディッチのアイルランド対ブルガリア戦、他校との親善試合、クリスマスのダンスパーティと華やかで国際的になり、謎解き要素を残しながらも、ホグワーツがすべての中心にあり、内部の敵を探索する『賢者の石』『秘密の部屋』、外部から侵入してきた敵を追い払う『アズカバン』よりも視点が広がったものになっている。

　ストーリーは、ハリーが参加する三校対抗試合の駆け引きを中心に進行する。中村圭志は『ゴブレット』の倫理的テーマはフェアであることと解釈するが、[10] 実は試合はハリーをヴォルデモートのもとに送り込むための罠であり、一見フェアなものがはらむうさん臭さを浮き彫りにする。ハリーが自力で解決したものと思っていたことは、実はハリーたちの性格を見抜いたうえで、ムーディに化けたヴォルデモートの手下が仕組んだものである。例えば、ハリーがホグワーツ代表に選ばれたのはゴブレットに闇魔術がかけられたからである。第一の課題では、偽ムーディはハグリッドを唆し、課題をハリーに漏らすよう仕向け、さりげなく解決のヒントを与え、結局、試合前に選手全員が対策を講じている。そして、優勝カップは、実はヴォルデモートのもとに瞬間移動する装置であり、ヴォルデモート復活とディゴリーの犠牲という最悪の結果をもたらす。「誠実な人間は扱いやすい」（四．三五）と偽ムーディが言う通り、正義や信念は、方向性を誤ると詐術や不正に容易に利用される危険があり、絶対ではない。

かように、魔法界は正義が報われるとは限らず、ヴォルデモートと無関係なディゴリーが巻き添えで死ぬ不条理な世界である。だが、ダンブルドアはそれでもなお、真実、勇気、信頼の理想は守られなければならず、それらなしにはヴォルデモートと戦えない、と説く。

「魔法省は」ダンブルドアが続けた。「わしがこのことを皆に話すことを望んでおらぬ。皆のご両親の中には、わしが話したということで驚愕なさる方もおられるじゃろう――その理由は、ヴォルデモート卿の復活を信じられぬから、または皆のようにまだ年端もゆかぬものに話すべきではないと考えるからじゃ。しかし、わしは、たいていの場合、真実は嘘に勝ると信じておる。さらに、セドリックが事故や、自らの失敗で死んだと取り繕うことは、セドリックの名誉を汚すものだと信ずる」

「自分の命を賭して、ハリー・ポッターは、セドリックの亡骸をホグワーツに連れ帰ったのじゃ。ヴォルデモート卿に対峙した魔法使いの中で、あらゆる意味でこれほどの勇気を示した者は、そう多くはない。そういう勇気を、ハリー・ポッターは見せてくれた。それが故に、わしはハリー・ポッターを讃えたい」

「ヴォルデモート卿は、不和と敵対感情を蔓延させる能力に長けておる。それと戦うには、同じくらい強い友情と信頼の絆を示すしかない。目的を同じくし、心を開くならば、習慣や言葉の違いはまったく問題にはならぬ」(四．三七)

ダンブルドアのメッセージは、真実がどんなに残酷であろうとも隠蔽したりごまかしたりするべきではないこと、たとえ、若年者でも真実を理解し、受け止める覚悟はあること、ヴォルデモート隆盛の原因の一つは魔法界に確固とした規範がなく、ヴォルデモートがつけいる隙があった、ということである。

第五巻『騎士団』(二〇〇三)は、上記でダンブルドアが力説した真実を知る権利と集団における信頼の重要さを、ヴォルデモート復活後の魔法省の混乱を通して逆説的に描いたものである。魔法省のホグワーツ管理は、独裁政治、教育への政治の介入、言論と情報統制をパロディ化したものであり、シリーズの中でもっとも社会批判色が濃い作品である。ヴォルデモート復活を知った魔法省は、権威と平和保持のため、ヴォルデモート復活を隠蔽することに決め、ダンブルドアの役職や受賞を剥奪し、新聞社に圧力をかけ、ダンブルドアとハリーの中傷記事を書かせる。捏造による反対勢力の弱体化と孤立化である。さらに、ホグワーツに息のかかった役人を送りこみ、ホグワーツを支配しようとする。

魔法省から送り込まれたアンブリッジはホグワーツ乗っ取りを合法的にやってのける。法令を次々に作り、教師と生徒の自由を簒奪するプロセスは、ヴォルデモートの闇魔術と恐怖による支配よりはるかに巧妙である。

一．教育への介入—担当する闇魔術防衛術の授業では、実技を教えず、歴史と理論に終始し、生徒が魔法省の方針に疑問を持たないようにする。教師が授業以外の内容を生徒に教えることを禁止。

二．人事権の掌握と出自による差別—高等尋問官になり、授業評価をして、停職、解雇の決定をする。ハグリッドの解雇は出自による差別に相当する。

三．通信の自由の侵害—配達フクロウと秘密通路の監視、手紙の検閲

四．結社の自由の侵害—学生組織、団体、クラブ活動を解散し、再結成は許可制にし、反対勢力の集団化を阻止する。

五．情報統制—ヴォルデモート復活についてハリーの談話を掲載した新聞の所持禁止
六．スパイ組織結成—スリザリン生を選抜して親衛隊結成

これらの事例は、第二次世界大戦中の日本の大本営発表や治安維持法、ナチスのＳＳ結成に酷似している。権利や自由は合法的に剥奪されうる脆弱さがある。圧政者はいかにも圧政者の外見をしておらず、時間をかけて、巧妙に抵抗勢力を追い詰める。

中村圭志が指摘する通り、アンブリッジの圧政はハリーたちの自主性を目覚めさせる契機となる。[11] 第四作までは、ヴォルデモートたちとの戦いはハリー、ロン、ハーマイオニー対ヴォルデモート軍団だったが、魔法省との戦いは、かつてない集団防衛となる。

「それはね、自分を鍛えるってことなのよ。ハリーが最初のアンブリッジの授業で言ったように、外の世界で待ち受けているものに対して準備をするのよ。それは、私たちが確実に自己防衛できるようにするということなの」（五．十五）

「『闇の魔術に対する防衛術』を学びたい人が——つまり、アンブリッジが教えてるようなクズではなくて、本物を勉強したい人という意味だけど（略）なぜなら、あの授業は誰が見ても

『闇の魔術に対する防衛術』とは言えません（略）それで、いい考えだと思うのですが、私は、ええと、この件は自分たちで自主的にやってはどうかと考えました」（五．十六）

「学校にいて、何も知らずに安穏としているより、退学になっても身を護ることができるほうがいい」（五．十七）

これらの言葉は、ハリーたちが大人の指示なしに行動できる自主性を身につけたこと、とともに、真実を知るのは時として困難なことを示す。グループは「ダンブルドア軍団」と命名され、講師は満場一致でハリーが務めることになる。マンダ・H・ロサーは『ゴブレット』の三校対抗試合はリーダーシップ理論を提供すると理解しているが、[12]今まであまり発揮されなかったハリーのリーダー適性が明らかになるのは『騎士団』である。しかしながら、密告者が出て、軍団は短期で解散する。集団を発足させることは簡単でも、維持するには強い信頼が不可欠なことをハリーたちは経験する。

信頼の欠如による集団の不統率は大人たちの不死鳥の騎士団も同様である。シリウスの死は、しもべ妖精クリーチャーの内通、スネイプがハリーの閉心術を中断したこと、ハリーもまたスネイプへの嫌悪を捨てきれなかった、スネイプがシリウスの騎士団参加を疑っていた、シリウスがスネイプから伝えられたダンブルドアの伝言を信じなかった、などの不幸な偶然が重なった結果である。このうち、グリーンはハリーのスネイプへの嫌悪はシリウスの影響が大きいこと、シリウス自身の軽率さの非が大きいと指摘する。[13] だが、シリウスの死はシリウスの欠点に比べて、大きすぎる犠牲である。シリウスの死で荒れるハリーにダンブルドアは次のように言う。

「グリモールド・プレイス十二番地を本部に定めたとき、わしはシリウスに警告した。クリーチャーに親切にし、尊重してやらねばならぬと。さらに、クリーチャーが我々にとって危険なものになるやも知れぬとも言うた。シリウスはわしの言うことを真に受けなかったようじゃ。あるいは、クリーチャーが人間と同じように鋭い感情を持つ生き物だとみなしたことがなかったのじゃろう――」

「シリウスはクリーチャーを憎んだわけではない」ダンブルドアが言った。「関心を寄せたり気にかけたりする価値のない召使いとみなしていた。あからさまな憎しみより、無関心や無頓着のほうが往々にしてより大きな打撃を与えるものじゃ」

「シリウスは残酷な男ではなかった。屋敷しもべ全般に対してはやさしかった。しかしクリ

ーチャーには愛情を持っていなかった。クリーチャーは、シリウスが憎んでいた家を生々しく思い出させたからじゃ」（五：三七）

前述のように、シリウスは頭脳明晰で、勇気があり、信義を重んじるが、格下の人間に対しては不遜である。シリウスのクリーチャーの処遇は他の魔法使いと大差なかったが、虐げられたものは、機会がくれば支配者に反旗を翻す。シリウスの突然の死はハリーに苦い教訓を残す。

第六巻『プリンス』（二〇〇五）は、『騎士団』の社会批判的要素は少なくなり、『賢者の石』の謎解きと聖杯伝説的プロットが復活する。この巻のテーマは使命と契約であり、ハリー以外の人物にも課せられた使命もしくは契約が二重三重に交錯する。ヴォルデモート復活により、ハリーは一躍、予言によってヴォルデモートを倒すために「選ばれし者」（六：三）に祭り上げられる。ダンブルドアは実はヴォルデモート所縁の指輪の魔力にかかり、死期が近く、「きみの教育に、わしが大きくかかわるときがきたと思う」（六：四）と言い、ハリーと一対一の授業を開始する。授業中、ハリーとダンブルドアはヴォルデモートの過去を知る人間の記憶をたどり、ヴォルデモートのルーツと生い立ち、卓越した魔法力、暴力と支配への欲求、永遠の命への執着、ヴォルデモートが魂を分割した分霊箱の存在を知る。このヴァーチャルな過去への旅を通じて、ダンブルドアはハリーにはヴォルデモートと対決する資質があるが、自分の生死にかかわる戦いに参じるかどうかは予言ではなく、ハリー自身が決定しなければならない、と説く。

「もちろん、きみはそうしなければならない！　しかし、予言のせいではない！　きみが、きみ自身が、そうしなければ休まることがないからじゃ！　わしも、きみもそれを知っておる！　頼む、しばしの間でよいから、あの予言を聞かなかったと思って欲しい！　さあ、ヴォルデモートについて、きみはどう感じるかな？　考えるのじゃ！」（略）

「あいつを破滅させたい」ハリーは静かに、しかししっかりと言い切る。「そして、僕が、そうしてやりたい」

「もちろんきみがそうしたいのじゃ！」ダンブルドアがさけぶ。

ハリーはやっと、ダンブルドアが自分に言わんとしていることがわかった。死に直面する戦いの場に引きずり込まれるか、頭を高く上げてその場に歩み入るかのちがいなのだ。その二つの道の間には、選択の余地はほとんどないという人も、おそらくいるだろう。しかし、ダンブルドアは知っている――僕も知っている。そう思うと、誇らしさが一気に込み上げてくる。そして、僕の両親も知っていた――その二つの間は、天と地ほどにちがうのだということを。

（六・二三）

ブラックとアイゼンワインによると、ホグワーツのもう一つの教育目標は自分の選択に責任を持つことである。[14] ハリーが「死に直面する戦いの場に引きずり込まれるか、頭を高く上げてその場に歩み入るかのちがい」を理解していることは、取りも直さず、ハリーが、何があろうとも自分の選択の結果起きたことは自分が引き受ける覚悟ができたことである。

『秘宝』――ハリー対ヴォルデモート最終戦と父になったハリー

最終作『秘宝』(二〇〇七)は、ハリーとヴォルデモートの決戦であり、ハリーの教育の完了である。ストーリーの前半はハリーたちの分霊箱と死の秘宝探しの旅を中心に進行する。ヴォルデモートたちの目を避けながらの旅は容易ではない。例えば、旅の初日に、着替えに困り、ハーマイオニーは酔っ払いに目をつけられる。野宿では安眠できず、食事は粗末で、空腹に悩まされる。分霊箱の正体とありかを示すヒントはほとんどなく、時間が無駄に過ぎる。あてのない放浪、情報不足による不安、家族への心配で、三人は疲弊し、口論することも度々で、ロンが離脱する。おまけに、味方だと思った人間が、ヴォルデモート側にハリーたちの所在を内通し、間一髪で逃げる羽目になる。ホグワーツは安全な空間で、ハリーたちは守られていたが、外界は敵対的で、弱肉強食である。この旅はハリーの最大の試練の一つである。命の危険、衣食住の不自由さ、ロン、ハーマイオニーとの関係維持に加えて、ハリーは死の秘宝への欲、生への執着といった煩悩とも戦わなければならない。三つの死の秘宝とは、魔法界の寓話にまつわるもので、ニワトコの杖（力で死を免れる）、蘇りの石（死者復活）、透明マント（寿命とともに死を受け入れる）と、死生観を意味する宝である。ハリーは父親から透明マント、使い方が不明だが、ダンブルドアから蘇りの石を受け継いでいる。杖があれば三つの秘宝がすべてそろい、分霊箱を探したり、死ぬよりはるかに容易な選択である。

三つの品、つまり「秘宝」を所有する者として、ヴォルデモートに対決する自分の姿を思い浮かべた。分霊箱は秘宝にかなわない――一方が生きるかぎり、他方は生きられぬ――これがその答えだろうか？　秘宝対分霊箱？　ハリーが最後に勝利者になる確実な方法があった、ということなのだろうか？　「死の秘宝」の持ち主になれば、ハリーは安全なのだろうか？
（七・二二）

もっとよい杖を得る手段があればいいのに……

すると、「ニワトコの杖」、不敗で無敵の「死の杖」への渇望が、またしてもハリーをのみ込

んでしまった……。(七、二二)

最強の杖へのハリーの欲を沈めたのは、ヴォルデモート軍団に捕らえられたハリーたちを身を挺して救ったしもべ妖精ドビーである。ドビーは『秘密の部屋』でハリーが自由の身にして以来、ハリーをたびたび助けてきた。ドビーの死を悼み、墓穴を掘るうち、ハリーは閉心術を会得し、死の秘宝への欲がなくなり、「闇に花が開くように、徐々にいろいろなことがわかって」「横面を張られて目が覚めたような」(七、二四)気分になる。ストジルコフは『ハリポタ』の死生観は、生と死は対立概念ではなく、肉体の滅びが必ずしも魂の滅びを意味するとは限らないと言う。[15] ハリーが理解したことは、まさにこの死生観である。ドビーの肉体が滅びても、ハリーがドビーを忘れない限り、ドビーはハリーの中で生き続ける。同様に、ハリーが死んでも、ハリーはハリーを愛する人の中に記憶として生き続けることができる。

後半は、分霊箱が一つ一つ見つかり、ハリーたちがホグワーツに帰還し、ヴォルデモートたちとの決戦が始まり、杖や権力に執着するヴォルデモートと執着しないハリーが対照的に描かれる。ニワトコの杖の完全掌握を目論んだヴォルデモートはスネイプを殺害する。スネイプは臨終の際に、ハリーに記憶を残し、ハリーは、スネイプのリリーへの終生の愛、ハリーへの屈折した態度の理由、ダンブルドアへの忠誠を始めて理解する。スネイプは、ヴォルデモートを倒すために、ハリーは死ななければならない、と聞き、ダンブルドアに抗議しており、任務を超えて、ハリーを守っていたふしがある。スネイプがハリーにきつくあたったのは、ハリーに情が移って任務に支障が出るのを恐れたという理由もある。

ヴォルデモートとの決戦の場でハリーを守ったものはやはり愛である。両親、シリウス、ルーピンの幻影に励まされ、ハリーは無抵抗でヴォルデモートの前に進み出る。意識を失ったハリーの前にダンブルドアが現れ、若いころ功名心に駆られて死の秘宝のうち杖と石を手に入れたが、妹の死で改心し、宝を隠していたこと、ハリーが秘宝を間違った使い方をしないか恐れていたことを話す。

「権力を持つのに最もふさわしい者は、それを一度も求めたことのない者なのじゃ。君のように、やむなく指揮をとり、そうせねばならぬために権威の衣を着る者は、自らが驚くほどその衣を着こなすのじゃ」

「君こそ、三つの『秘宝』を所有するにふさわしい者じゃ」

「君は真に死を克服する者じゃ。なぜなら、真の死の支配者は『死』から逃げようとはせぬ。死なねばならぬということを受け入れるとともに、生ある世界のほうが、死ぬことよりもはる

かに劣る場合があると理解できる者なのじゃ」(七. 三五)

ホグワーツでハリーが得た究極の教訓は愛する者のために我欲を捨てることの尊さと困難さ、世俗での栄華に執着するのは空しいこと、生には限りがあり、死は必ず訪れること、である。反対に、ヴォルデモートの死は支配と不老不死に執着したことが招いた結果である。

戦いの後、ハリーは、三つの秘宝を手に入れたが、杖は元の場所に埋め、蘇りの石はホグワーツの森に落とし、愛用の透明マントだけを所有することをダンブルドアに報告し、ダンブルドアは「心からの愛情と称賛のまなざし」(七. 三六)でハリーを見る。ハリーの選択は、時間に抗わず、死を受け入れるべき、というメッセージである。ハリーの教育はここで終わる。

エピローグ

『秘宝』最後は、ホグワーツ卒業から十九年経過していて、ハリーは三児の父になっている。長男ジェームズ・シリウス、次男アルバス・セブルス、との命名はハリーと四人の父の関係が別の形で始まる。次男の目は母リリーに似ていて、おとなしく、少し神経質であり、子供時代のハリーの再現である。アルバスがスリザリンに入る懸念を口にすると、ハリーはスネイプは自分が知る中でもっとも勇気がある人だったと言い、「そうなったら［スリザリンに入ったら］、スリザリンは、すばらしい生徒を一人獲得したということだ」「父さんも母さんも、どっちでもかまわないんだよ」「だけど、もしおまえにとって大事なことなら、おまえはスリザリンではなく、グリフィンドールを選べる」（七．エピローグ）と、アルバスを元気づける。「自分が本当に何者かを示すのは、持っている能力ではなく、自分がどのような選択をするかということなんじゃよ」（二．四九〇）と同様、ハリーの言葉は、人格形成には自己の決定権と生来の人間性が影響し、人間には自ずからふさわしい環境が与えられるという信念を述べる。

ちなみに、『呪いの子』（二〇一六）は「もしも、アルバスがスリザリンに入ったら」という仮定を具体化した作品で、アルバスがハリーの子であるプレッシャーに押しつぶされ、ハリーはアルバスとの接し方に悩む。過去の作品への言及が随所にあり、アルバスとマルフォイの息子が親友になる、ハリーとマルフォイの関係が改善されているなど、面白い箇所は数々あるが、第一部と第二部合わせて上演時間が正味四時間半で、相当の体力と集中力が必要だ。ストーリーが入り組んでいて、理解するのが難しく、ヴォルデモートに娘がいるというオチもあり、好みが分かれるところだ。

以上、『ハリポタ』に描かれたハリーと三人の父親的役割を果たす人物を見てきた。彼らがハリーに教育することは魔法使いの倫理、知識、魔法術、危機回避法など、様々である。一作ごとに、異なる試練が課せられ、ハリーは失敗を繰り返し、彼らの死により、父離れをして、敵対的な魔法界で生き残る術を身につけた。ハリーが得たものは、苦難に耐える強さ、無私の同胞愛と家族愛、世俗的な欲望への執着を捨てること、弱者の権利の尊重など、数多い。ハリーとダンブルドア、シリウス、スネイプとの関りは、人格形成には困難の克服が不可欠であること、人間は過ちを犯し、罪深い存在だが、何度でも更正が可能であることを、読者に伝える。『ハリポタ』は不条理で矛盾に満ちた世界でありながら、人間の意志決定の自由と幸福を選ぶ権利、人間が生まれつき持つ愛と善を肯定する小説なのである。

註

1 ローリングの経歴については、ジョーン・スミス著、鈴木詩織訳『J・K・ローリング　その魔法と真実―ハリー・ポッター誕生の光と影』（メディアファクトリー，二〇〇一）に詳しい。

2 Walt Hutchinson, "The Success of the Harry Potter Industry and Its Transnational Marketing Strategies," *New Review of Children's Literature and Librarianship* 8 (2002): 228–32.

3 Andrea Stojilkov, "Life (and) Death in *Harry Potter*: The Immortality of Love and Soul," *Mosaic* 48 (2015): 134.

4 中村圭志『徹底分析！ハリー・ポッター』（サンガ，二〇一六）八頁，六八頁．

5　Jerome Hamilton Buckley, *Season of Youth: The Bildungsroman from Dickens to Golding* (Cambridge MA: Harvard UP, 1974) 13, 17–20.

6　『ハリー・ポッター』からの引用は括弧内に巻数と章を示す。日本語訳は松岡佑子訳による。

7　Mary S. Black and Marilyn J. Eisenwine, "Education of the Young Harry Potter: Socialization and Schooling for Wizards," *Educational Forum* 66 (2002): 34.

8　Amy M. Green, "Interior/Exterior in *Harry Potter* Series: Duality Expressed in Sirius Black and Remus Lupin," *Papers on Language and Literature* 44 (2008): 91–92.

9　中村　一一八頁。

10　中村　一三三頁。

11　中村　一六〇頁。

12　Manda H. Rosser, "The Magic of Leadership: An Exploration of *Harry Potter and the Goblet of Fire*," *Advances in Developing Human Resources* 9 (2007): 237.

13　Green 95–96.

14　Black and Eisenwine 34.

15　Stojilkov 135.

参照文献

Black, Mary S., and Marilyn J. Eisenwine. "Education of the Young Harry Potter: Socialization and Schooling for Wizards." *Educational Forum* 66 (2002): 32–37.

Buckley, Jerome Hamilton. *Season of Youth : The Bildungsroman from Dickens to Golding*. Cambridge MA: Harvard UP, 1974.

Green, Amy M. "Interior/Exterior in *Harry Potter* Series: Duality Expressed in Sirius Black and Remus Lupin." *Papers on Language and Literature* 44 (2008): 87–108.

Hutchinson, Walt. "The Success of the Harry Potter Industry and Its Transnational Marketing Strategies." *New Review of Children's Literature and Librarianship* 8 (2002):2 23–36.

Rosser,Manda H. "The Magic of Leadership: An Exploration of *Harry Potter and the Goblet of Fire*," *Advances in Developing Human Resources* 9 (2007): 236–50.

Rowling, J. K. *Harry Potter and the Chamber of Secrets*. London: Bloomsbury, 1998.

——. *Harry Potter and the Deathly Hallows*. London: Bloomsbury, 2007.

——. *Harry Potter and the Goblet of Fire*. London: Bloomsbury, 2000.

——. *Harry Potter and the Half-Blood Prince*. London: Bloomsbury, 2005.

——. *Harry Potter and the Order of the Phoenix*. London: Bloomsbury, 2003.

——. *Harry Potter and the Philosopher's Stone*. London: Bloomsbury, 1997.

——. *Harry Potter and the Prisoner of Azkaban*. London: Bloomsbury, 1999.

Stojilkov, Andrea. "Life (and) Death in *Harry Potter*: The Immortality of Love and Soul." *Mosaic* 48 (2015): 133–48.

ジョーン・スミス著，鈴木詩織訳『J・K・ローリング　その魔法と真実——ハリー・ポッター誕生の光と影』．メディアファクトリー，二〇〇一年．

中村圭志『徹底分析！ハリー・ポッター』．サンガ，二〇一六年．

第４章

ゾンビにまつわる本当にあった（かもしれない）話

ジーン・リースとエドウィージ・ダンティカ

杉浦　清文

西インド諸島、アンティグア島の海。（撮影：杉浦清文）

はじめに

現在、ゾンビは、グローバル資本主義のイデオロギーと複雑に絡み合いながら、多彩な場・局面において、そのイメージの増殖を繰り返している。もはやゾンビは地球規模で消費および複製される対象であるといえるだろう。[1]

しかしながら、西インド諸島の住民にとって、ゾンビは、少なくともその地域の様々な現実と日常から切り離せない不気味な何かであり続けてきた。ラフカディオ・ハーンは、この点を早くから見抜いていたのではないだろうか。一八九〇年、ハーンは『仏領西インドの二年間』を出版し、そこで彼は、マルティニークでの生活がいかなるものであったかを告白している。とくに興味深いのは、「魔女」というタイトルが付けられた章において、ハーンがゾンビについて記述している点であろう。マルティニークでの滞在中、彼はゾンビに深く関心を示していた。ある日、彼はアドウという、肌が「熟した蜜柑の色をしている」[2]娘にゾンビに関する質問を繰り返し投げかける。

「すると、死人がゾンビなのか？」「いいえ、死人はゾンビじゃありません。ゾンビはどこにでもいます。死人は墓場にじっとしているんです。……でも万霊節の晩はべつで、その晩は死人はもとの自分の家へいきます」「アドウ、もし扉や窓に錠をかけて閂《かんぬき》をかけておいても、真夜中に君の部屋へはいって来るかね、背の高さが十四フィートもある女が？」「そんなお話止めて！」「止めろって！　ねえアドウ、話しておくれなね」「ええ、それじゃ話します。──それはきっとゾンビですわ。夜、わけのわからないそういう騒ぎをするのは、ゾンビです。…もしここの家へ、こんな〔と彼女は床から五フィートほど上のところへ手をあげて〕背の高い犬が夜はいってきたら、わたしきっと、や！ゾンビ！と大声あげますわ」[3]

ここでは、とりわけ、「ゾンビはどこにでもいます」という、アドウの言葉が気になるだろう。実際、アドウはゾンビを見たことがない。しかし、それでも、アドウにとって、ゾンビは身近な存在なのである。けれども、アドウがゾンビについていくら説明しても、ハーンを満足させることはできない。仕方なく、アドウは彼女の母、「ほとんど肉桂に近い肌色をしている」[4]テレーザを呼ぶことにした。というのも、母のほうがゾンビのことをよく知っていると思われたからだ。そして、テレーザはハーンにゾンビの仕業だとされる「大きな火」、「三本足の馬」、またはゾンビ／子供が見えるという男「ベイドー」の話もし始める。[5]

ところで、テレーザが、ベイドーに関する話をする前に、「これからお話し申す話は、本当にあった話でございます」[6]と前置きしている点は極めて示唆的である。アドウと同様、テレーザもまた、ゾンビを身近な存在だと考えているようだ。ハーンの記述からは、何よりも、ゾンビの存在が現地の住民の日常と一体化していたことがわかるだろう。もっとも、ゾンビの「本当にあった話」は、マルティニークに限らず、カリブ海の他の島々にも点在している。ただ、こうした「本当にあった話」は、伝統的な西洋中心主義的価値観・見解の中で、様々な形で歪曲されてきたという歴史がある。けれども、ここでまた忘れてはならないのは、そうした歴史の片隅で、西インド諸島出身の、少なくとも二人の作家たちの間から、ゾンビに関する「本当にあった（かもしれない）話」が独自に語られていた／いるという事実ではないだろうか。

本章では、（旧）英領ドミニカ島出身の白人クレオールの女性作家ジーン・リースと、ハイチ出身でアメリカ在住の黒人の女性作家エドウィージ・ダンティカが、それぞれの作品で静かに語る、ゾンビにまつわる「本当にあった（かもしれない）話」に注意深く、そして真摯に耳を傾けていきたい。

ゾンビにまつわる「本当にあった話」の捏造

元来、奇々怪々な物語に強く関心を抱いていたハーンが、ゾンビに関する「本当にあった話」によって、激しく心を揺さぶられたことは想像に難くないだろう。だが、そのハーンにしても、アドウやテレーザから聞いた「本当にあった話」を実際にどこまで真摯に受け止めたのだろうか。ハーンの溢れんばかりの好奇心により、アドウやテレーザの語るゾンビの「本当にあった話」が、あまりにも見事な怪談話へとすり変わってしまっている一面も否定できない。しかし、たとえそうであったとしても、その後の、ハイチに対するアメリカの軍事占領時代を思えば、アドウやテレーザたちから紡ぎ出される他者の物語に注意深く耳を傾けるハーンの姿は、感慨深いだろう。というのも、一九一五年から一九三四年まで、アメリカがハイチで行った軍事占領は、まさにゾンビにまつわる「本当の話」が捏造される出来事であったともいえるからだ。

そうした軍事占領以降、ハイチの野蛮性の根拠として、ゾンビやそれに関係するヴォドゥ（ヴードゥー）の存在が持ち出されることになった。[7] たとえば、人類学者ウェイド・デイヴィスは、『人食いの従兄弟たち』や『黒いバグダッド』といった、人々の関心をひくタイトルが付された当時の大衆向け刊行物が、「アメリカの大衆に向かってある重要なメッセージ」を伝えていたと指摘している。

その手のしろものの多くがアメリカによる占領の時代（一九一五―三四）に発行され、大尉より上の海兵隊員なら誰でも出版社から注文があったように見えるのは、けっして偶然ではなかった。そのような本は数が多く、そのどれもがアメリカの大衆に向かってある重要なメッセージを伝えていた。すなわち、このような忌わしいことが行なわれる国は、軍隊の占領によってのみ救いを見出せるというメッセージである。[8]

さらに、シドニー・W・ミンツは、「アメリカ合衆国による占領はハイチ人を未開で「野蛮」な、病んだ小農民として外国に伝える傾向を拡大し、でたらめなハイチ人像がハリウッド映画や大衆的メディアで広められていく」[9]結果を招いたと述べている。結局、ハイチにおけるヴォドゥやゾンビのイメージも、アメリカによる占領を正当化するために都合よく利用されたのである。[10]もちろん、こうした状況では、アドウやテレーザのような現地住民の声が真摯に聴き取られることはなく、逆に、そうした声は、西洋中心主義的な思考の下で、無慈悲にも掻き消されていったのである。

しかしながら、ハイチからのアメリカの撤退から数年後、ゾンビにまつわる「本当の話」に注意深く耳を傾けようとする人物が再び現れた。その人物とは、アメリカのアフリカ系女性作家であり人類学者としても有名なゾラ・ニール・ハーストンのことである。彼女は、実際にハイチを訪れ、そこでヴォドゥやゾンビに関するフィールド調査を行った。その調査内容は、一九三八年に出版された『わが馬よ、語れ』[11]において詳細に記されている。そのとき、ハーストンは、アドウやテレーザたちのようなまさに現地住民の声を注意深く聞き取ろうとしている。

ゾンビについては、こんなふうに言われている。ゾンビは、魂のない肉体だ。生きている死者だ。彼らは、いったん死に、そのあと再び生に呼び戻される。ハイチに長く滞在すれば、必ず何らかの形でゾンビの話を聞かされる。この存在の恐ろしさと、その存在の意味するすべてが、大地をはう冷たい空気の流れのように、この国全体に染み渡っている。この恐怖は本当に根深い。それは、むしろ恐怖の集合体である。というのも、農夫の間では、ゾンビの仕業に対する恐怖が大っぴらに語られているからだ。市場に座って、市場の女と一緒に一日過ごせば、どんなにしょっちゅう売り子たちが、ゾンビが見えない手で彼女のお金とか商品をくすねたと叫ぶかが分かる。あるいは、ゾンビが、彼女や家族の誰かが、ちょっとした悪事を働くように仕向けたという非難を聞く。夜やって来て悪事をなす強いゾンビが噂にのぼる。また、小さな女の子のゾンビが、彼女の主人に送り出されて、暗い夜明けに、ローストしたコーヒー豆が入った小さな袋を売る。日が昇る前に、通りの暗い場所から、「ロースト・コーヒー」と叫ぶ声が聞こえる。売り子に呼びかけて、品物を持って明るいところに出て来いと言った人だけが、彼女たちの姿を見ることができる。呼ばれると、小さな死者は、人に見える姿をとって歩き出すのだ。[12]

マルティニークにおいてハーンがアドウやテレーザから聞き出したようなゾンビの話を、どうやらハーストンもハイチで耳にしたようである。しかし、ハーストンの語りは、ハーンのそれよりも、ゾンビの存在をより現実的に描き出している。それもそのはず、ハーストンはハイチで実際にゾンビと出会ったのである。以下は、ハーストンのその証言である。

［……］私は運よく、過去にあった有名な話をいくつか知ることができ、本物のゾンビを見て、触るという稀なチャンスに恵まれた。私はゾンビの喉から途切れ途切れに出る音を聞き、それから、いまだかつて誰もしたことがないことだが、ゾンビの写真を撮った。これらのことをすべて、病院の庭の強い日光の下で体験したのでなかったら、私は興味を抱きながらも疑いを持ったまま、ハイチから帰ってきたかもしれない。だが、私は、フェリシア・フェリックス＝メントールのゾンビを見たし、この実例は、最高の権威者も本物だと保証している。だから、私は、ハイチにゾンビがいることを知っている。人々は、死から呼び戻されているのだ。[13]

この当時、いや現在においても、ハーストンのこのような衝撃的な証言は注目に値するだろう。だが、残念ながら、ハーストンのそうした証言は、その当時のアメリカでは到底受け入れられなかった。また、ハイチでは、アメリカの軍事占領時代のトラウマ的影響が未だに強く、とりわけ、研究者たちの間ではゾンビを研究テーマとすることはタブーとされていたのだ。こうした中、ハーストンの調査結果は、逆に批判の対象とされてしまった。つまり、かつてデイヴィスも述べたように、「ゾラ・ニール・ハーストンは、もし励まされて調査を続けていたなら、その洞察力によって五十年も前にゾンビの謎を解いていたかもしれないのに、現実には学者仲間の批判の矢面に立たされた」[14]のである。

しかし、ハイチの現地住民の声に慎重に耳を傾けようとしたハーストンですらも、その当時のアメリカで蔓延していた考え方から完全に逃れることは難しかったようだ。たとえば、ロバート・E・ヘメンウェイの言葉を借りるならば、ハーストンは当時「一貫して十九年におよぶアメリカ海軍による占領を評価し、経済的政治的安定はアメリカの影響によるものだと主張」[15]していたのだ。実際、ハーストンは、それも大勢のハイチ人の声を代弁するかの如く、次のように書いている。

誰も海兵隊に出ていってほしくなんかなかったのに、どうして、海兵隊が去ったことをお祝いするんだ？　繁栄の時代は、海兵隊とともに去った。ヴァンサン大統領が海兵隊を出ていかせたのなら、彼は人民の友ではない。人々が敬意を表したいのは、海兵隊を連れ戻すことができる男だ。[16]

その後、数十年が経ち、ヴォドゥやゾンビに関するより客観的な研究も行われるようになってきた。たとえば、先に紹介したデイヴィスは、一九八五年に『蛇と虹』を、そして一九八八年には『ゾンビ伝説』を出版している。それぞれの著書において、デイヴィスはハイチにおけるヴォドゥやゾンビの謎に本格的に迫っている。現在では、デイヴィスが行ったゾンビの定義は一般化しつつあるだろう。二〇〇六年に出版された『ヴードゥー大全』において壇原照和は、ゾンビを次のように定義している。それは、ゾンビに関するデイヴィスの定義をまるで要約しているかのように思われる。

本来ゾンビとは、嫌われ者に対する制裁だそうだ。もちろんハイチにも刑法はあるが、ゾンビは刑法とは無関係の伝統的な制裁の一つである。まずフグ毒・テトロドトキシンを主成分とする毒薬（通称「ゾンビ・パウダー」）が嫌われ者の傷口にすりこまれる。神経毒であるテトロドトキシンは心筋や呼吸中枢の活動を抑制し、仮死状態をつくりだす。医者も欺かれ死亡診断書を書いてしまう。そして毒の量がちょうど良いと薬と施術によって蘇生されるのだ（毒薬の量が多すぎると本当に死んでしまう）。しかし一〜二日間という長い間無呼吸状態だったため脳の前頭葉は死んでいる。自発的意志のない人間、ゾンビの誕生だ。[17]

これまで「ゾンビ・パウダー」に関しては色々と異論もあるようだが、ひとまず、（特にハイチの）

ゾンビに関する定義は、現在のところ、このように客観的に「人間」と定義されるまでにもなったようだ。けれども、こうした客観的ひいては科学的な定義により、西インド諸島におけるゾンビに関する「本当にあった話」全般が、逆に主観的・非科学的言説として軽視される危険性も否定できないだろう。とはいえ、こうした中、ゾンビにまつわる「本当にあった話」、さらに「本当にあったかもしれない話」は完全にもみ消されてしまったのだろうか。

ジーン・リース、オービア、そしてゾンビ

一九六六年に出版された『サルガッソーの広い海』は、概して、リースと同じ白人クレオールの女性バーサ・メイソンの視点からシャーロット・ブロンテの『ジェイン・エア』を書き換えた作品として知られている。あるインタビューで、リースはブロンテによるバーサの描き方に我慢ならなかった理由を次のように説明している。

子供の頃に『ジェイン・エア』を読んだとき、私は思ったのです、なぜブロンテは、クレオールの女を狂気じみた存在に考えるのかと。ロチェスターの最初の妻、つまりバーサですが、彼

女をおどろおどろしい狂女に仕立てるなんて本当にひどいことです。私は、本当にあったかもしれない話を書きたいと、そのときすぐに思いました。バーサは、とても哀れな幽霊のようでした。私は、彼女のために人生を書いてあげたいと思ったのです。[18]

リースが『サルガッソーの広い海』において試みたことは、『ジェイン・エア』で「幽霊」として追いやられたバーサの「本当にあったかもしれない話」を書くことであった。しかし、『サルガッソーの広い海』において、リースがまたゾンビにまつわる「本当にあったかもしれない話」を密かに語っている点も看過できないだろう。ただし、『サルガッソーの広い海』において語られるその話は、アドウやテレーザのような住民たちから語られるものとは性質が異なる。リースによるゾンビの話は、旧白人奴隷主の視点から語られているのである。

この作品は三部に分かれており、一部はジャマイカにおけるアントワネットの幼少時代、二部はロチェスターと思しき英国紳士――作品の中で、この男に名前は与えられていない――との結婚生活、そして三部はイギリスのソーンフィールド邸の屋根裏部屋に監禁されたアントワネットの姿――ここで『ジェイン・エア』のプロットと重なる――に焦点が当てられている。いわゆる、『サルガッソーの広い海』は、少女から大人へと過酷な人生を歩むアントワネット（バーサ）の姿を描いているのである。

ところで、この作品の二部においては、『ジェイン・エア』では十分に描かれなかった、ロチェスターの西インド諸島滞在、あの「地獄の場所」での「本当にあったかもしれない話」が語られている点も見逃せない。島の雰囲気に馴染めず思い悩むロチェスターらしき男は、ある時、森に迷い込む。そして、召使の助けを借りて、ようやく自分の家に戻ることのできた彼は、ある本の「オービア」の章を読む。そこには次のように書かれている。

「ゾンビとは生きているように見える死人、または死んでいるのに生きている人のことだ。ゾンビはその場所に棲みつく幽霊のこともあり、たいていは悪意があるが、生贄や花や果物を供えることで怒りを鎮めることができる」「神父の廃屋にあった花束が頭をかすめた」「『風の叫びは彼らの声、荒れ狂う海は彼らの怒りだ』」「私はそう教わったが、黒人たちはその多くが信仰している黒魔術の話をしたがらないことに気づいた。これはハイチではヴードゥー、幾つかの島ではオービア、南米ではまた別の名前で呼ばれている。彼らは、話を強要されると嘘をついてごまかす。白人たちは、ときとして信じることもあるが、そのすべてをたわごととして切り捨てるふりをする。突然死や謎の死の多くは、黒人の間に伝わる痕跡を残さない薬物のせいとされている。それがさらに事態を複雑なものに……」[19]

ここで「ヴードゥー」や「オービア」を、まさに黒人が信仰している黒魔術であると説明している点は極めて暗示的だ。そして、作品では、このオービアを操るとされる女性が登場する。それは、アントワネットの乳母クリストフィーヌという黒人女性である。ここで注目したいのは、そのクリストフィーヌが、よそ者として描かれていることだ。

［クリストフィーヌ］の歌はジャマイカの歌とはちがっていた。彼女もまたほかの女たちのようではなかった。肌はもっと黒かった――青みがかった黒、直線的な目鼻立ちの細い顔。黒いドレスにどっしりした金のイヤリングをつけ、頭には黄色のターバンを前が二つとがるように巻いていた。黒人で黒を着たり、マルティニーク風にターバンを巻いている女はほかに一人もいなかった。彼女は落ち着いた声で話し、笑い（笑うときがあれば）、その気になれば上手に英語やフランス語やパトワ語を話せるのに、いつもみんなと同じ地元の言語を使うようにしていた。でもみんなは彼女に関わろうとせず、彼女もスパニッシュ・タウンにいる息子に会おうとしなかった。彼女にはたった一人、マイヨットという友達がいたが、マイヨットもジャマイカの女ではなかった。[20]

クリストフィーヌはマルティニークの出身であった。しかし、クリストフィーヌがよそ者として位置付けられる理由は、彼女の出自以外にもある。それは、彼女がオービアウーマンであることと関連しているのである。実際、作品において、クリストフィーヌは、現地の同じ黒人たちとは少し違った立場に置かれている。[21] アントワネットはそのことに気づいている。

ときどき洗濯や掃除の手伝いに入江のほうからやってくる娘たちは、「クリストフィーヌ」のことを怖がっていた。それなのに通ってくるわけは私にもすぐにわかった。彼女はその娘たちにお金を払わなかった。それでも娘たちは果物や野菜を持ってやってきて、日が落ちるとよく台所から低い話し声がきこえた。[22]

だが、ここで見逃すことができないのは、こうしたオービアという黒人たちの間で信じられている「黒魔術」が、イギリスから来たあの男にとっても、恐怖の対象となっている事実であろう。たとえば、作品の中で、彼がクリストフィーヌと言い争う場面がある。彼は、たしかにクリストフィーヌの言葉の端々から感じられる何かに怯えている。

「クリストフィーヌ」を見やると仮面をつけたような顔をして、目にひるみはなかった。彼女は闘う女だと認めざるをえなかった。ぼくは意志とうらはらに同じ言葉をくり返した。「アントワネットにさよならを言いたいか?」「彼女が眠れるようになにかをあげたんだよ——害にならないものをね。起こしてみじめな思いをさせたくない。それはあんたにまかせるよ」「彼女に手紙を書いてもいいよ」ぼくはこわばった声で言った。「読み書きはできない。ほかのことなら知ってるけどね」彼女は振り向きもせずに出ていった。[23]

しかしながら、こうしたオービアの呪術は、もちろん、白人クレオールであるアントワネットにとっても無関係であるはずがない。アントワネットは、例のロチェスターと思われる男と結婚するが、しかし、彼女にまつわる様々な噂がもとで、二人の結婚生活はうまくいかない。アントワネットは、クリストフィーヌのところに行き、しかもオービアの力によって、二人の仲を修復するようお願いするのである。

「お黙り」「クリストフィーヌ」は言った。「あの男があなたを愛してないとしたら、彼にあんたを愛させることはできないよ」「できるわ、あなたならできる。それが私の願いだし、そのためにここに来たのよ。あなたは人を愛させたり憎ませたりできる。または……死なせることも」彼女は頭をのけぞらせて大声で笑った（今まで彼女は声を出して笑うことはなかった、それがなぜ今は笑っているの?）。[24]

だが、そのとき、クリストフィーヌはアントワネットに次のような忠告をする。

「じゃあ、あんたは魔術《オービア》のおとぎ話を信じてるんだね、あんたほどのえらいさんでも噂はきくのかい？　すべてはくだらないたわごとだよ。それに白人《ベケ》には関係ないよ。ベケがそれにちょっかいを出すと、とんでもない災難にみまわれるよ」[25]

けれども、どうやら、クリストフィーヌはアントワネットの願いを聞き入れたようだ。あるとき、ロチェスターはアントワネットの部屋に「白い粉」があることに気づく――「彼女の部屋に入ったとき、白い粉が床に散っているのに気づいた。ぼくはその粉について真っ先に彼女に尋ねた。それはなにか、と。ゴキブリを追い払うためだ、と彼女は答えた」[26]。その後、ロチェスターは毒を盛られたと気づき、吐き気をもよおし、ベッドに倒れてしまう。しかし、アントワネットの「ゴキブリを追い払うため」という表現は皮肉としかいいようがない。というのも、白人クレオールのアントワネットは、黒人たちから忌み嫌われ、「白いゴキブリ」としてまさに追い払われるからだ。

知らない黒人は見ないようにしていた。彼らは私たちを憎み、白いゴキブリと呼んでいた。眠った犬は起こさないほうがいい。ある日、小さな女の子が歌いながら私のあとをついてきた。

「出ていけ、白いゴキブリ、出ていけ、出ていけ」私が足を速めると、その子も速めた。「白いゴキブリ、出ていけ、出ていけ、あんたなんかだれもほしくない、出ていけ」[27]

また、黒人の召使アメリーも、アントワネットを「白いゴキブリ」と呼び、それを歌にしている――「白いゴキブリが結婚した／白いゴキブリが結婚した／白いゴキブリが若い男を買った／白いゴキブリが結婚した」[28]。『サルガッソーの広い海』の時代設定は、奴隷解放後の一九三三年以降に置かれている。奴隷解放後も、黒人たちは、白人プランターたちが奴隷制時代に行った非人道的行為を決して忘れることはなかったのだ。

「本来ゾンビとは、嫌われ者に対する制裁だそうだ」[29]――元奴隷主である白人クレオールたちは、まさに黒人たちによって呪われる「嫌われ者」であった。結局、その後、イギリスに連れていかれたアントワネットは、ソーンフィールド邸の屋根裏部屋に監禁されてしまう。そこで、アントワネット、いやバーサは、精神が破綻し、生きているのか死んでいるのかわからない、まるで幽霊、あるいはゾンビであるかのような姿になっていく。

リースは自分自身がプランター階級の末裔であるという出自に対して常に自覚的な作家であった。そんなリースが、オービアの歴史に対して無頓着でいることなどできたのだろうか。

植民地時代、ジャマイカの奴隷の大多数はオービアマンやミャルマンにたのんで捕獲者に呪いをかけた。アンシャンティなどのアカン種族は自分たちがカリブに連れてこられたのは魔術のせいだと信じていたので、呪い返しをかけようとしたのだ。奴隷監督の中にはこの呪いがかかったと信じて自殺するものも数多かったという。[30]

オービアが、白人クレオールにとって、まさに脅威であったことは間違いない。リースにとっても、黒人の魔術によって彼女が実際にゾンビのような存在にされる対象となることは、「本当にあったかもしれない話」だったのではないだろうか。

ところで、二〇一六年に出版されたノートン版の『サルガッソーの広い海』において、ダンティカはある「序文」を書いている。その「序文」において印象的なのは、ダンティカがオービアウーマンであるクリストフィーヌに特別な関心を寄せている点である――「小説の中で、アントワネットの家族の地所の一つであるグランボアにアントワネットとロチェスターらしきイギリス人が滞在する場面がある。それは私の大好きな登場人物の一人を知るきっかけとなる。その登場人物は、アントワネットの保護者でもあり友達でもあるクリストフィーヌである」。[31]

『サルガッソーの広い海』を読むダンティカ――このとき、オービアウーマンであるクリストフィーヌの存在に関心を深めるダンティカの脳裏には、ハイチのヴォドゥとゾンビの姿がよぎったのではないだろうか。ハイチには、「ハイチ人の八〇%はキリスト教徒だが、ハイチ人の一〇〇%はヴォドゥだ」という言葉がある。ダンティカにとって、ヴォドゥが彼女の生活と密接な関係にあることは間違いない。実際、とあるインタビューでダンティカは、ハリウッド映画で描かれてきたステレオタイプ的なヴォドゥ像に苛立ちを隠し切れず、「ヴォドゥはハイチで実践されている宗教の一つで、ハイチ国民にとっての豊かな宗教です」[32]と言い切っている。

しかし、ダンティカにとって、ヴォドゥそしてゾンビの存在は、彼女のトラウマ的記憶を呼び起こす何かでもあったはずだ。ヴォドゥを狡猾に利用し、独裁政治を続けた人物、フランソワ・デュヴァリエ(パパ・ドック)、さらには、その息子のジャン=クロード・デュヴァリエ(ベベ・ドック)の存在を、ダンティカは一度だって忘れたことはないだろう。親子二代の独裁政治は、一九五七年から一九八六年までの約三〇年間続いた。一九六九年生まれのダンティカが両親のいるニューヨークに移り住むまでの十二年間を過ごしたのは、まさにこうした独裁政権下のハイチだったのである。

エドウィージ・ダンティカ、ヴォドゥ、そしてゾンビ

一九九四年に出版した『息吹、まなざし、記憶』において、ダンティカは、ハイチ出身の少女が大人になっていく複雑な過程を描き、その際、特に母―娘関係に焦点を当てている。ヒロインであるソフィーは、十二歳までハイチで過ごし、その後、母親の住むニューヨークへと移り住む。[33] ハイチでの幼年期、ソフィーは叔母のアティーに育てられた。こうした家庭環境の中で育ったソフィーにとって、「母さん」とはまさに叔母のナイトテーブルの上にある写真立ての中で笑っている人物でしかない。だが、そんなソフィーもいずれニューヨークに住む母のもとへ行かなければならないことを知っている。そうした中、ソフィーは時折「母さんの夢」を見る。

夢の中の母さんは、空まで届かんばかりに咲きつづく野の花の中を、わたしをどこまでもどこまでも追いかけてくる。そしてわたしをつかまえるときつく抱きしめて、あの小さな写真立てに押しこめ、一緒に一枚の写真になろうとする。そんなときわたしは、声がかすれるまで大声で助けをもとめる。[34]

ソフィーを捕まえ一体化しようとする母の姿。作品において、この「夢」はまた、物語のその後の

展開を予兆しているかのようだ。ニューヨークで、母マーティンと二人で生活をすることになったソフィーは、ある日、母から「検査」のことについて聞かされる――「わたしが若いころは、娘が処女かどうかの検査を母親がしたものよ。娘の大切な場所に指をあてて、その指が入るかどうかで調べるの」[35]。そして、娘にジョゼフという恋人が現れたとき、ついに母はその「検査」を行うのである。以後、この「検査」はマーティンにより繰り返し行われることになる。もちろんソフィーはそれが耐えられない。ある日、ついにソフィーはこうしたマーティンの束縛から逃れようと決意する。つまり、ソフィーは母の「検査」に自ら不合格になろうとするのである――「あそこに乳棒を押しつけると、肉が避けた。シーツの上に血がたれるのが見えた」[36]。まさに、こうした「検査」がマーティンとソフィーの関係を引き裂く要因になったことは確かだ。しかし、作品においては、そのもう一つの隠された要因もしだいに明かされていく。

まず、「検査」の間、母が娘に語る、ヴォドゥの神「双子のマラサ」の物語は意味深長である。

検査の最中、母はわたしの気をまぎらわすために物語をはじめた。「双子《ふたご》のマラサは一心同体の恋人どうしでした。ひとりの人間が、ふたりに分かれたのです。ふたりは外見も同じならば、話し方も歩き方も同じ。笑い方も同じならば、泣くときもまったく同じ涙を流しました。ひとりが小川の流れに姿を映すと、もうひとりがすばやく水にもぐって瞳をこらします。ひとりが鏡をのぞくと、もうひとりが鏡のうしろにまわってまねをします。だけど恋人としては、双子のマラサは哀れです。おたがいによく似ている、うりふたつだという理由で、相手を大切に思うのだから。人を愛するということは、愛する人にもう一方のマラサよりも近くにいてほしいものなのです。自分の影よりももってそばにいてほしいものなのです。魂をひとつにしたいものなのです。愛する人が自分に似ていればいるほど、このきもちは強くなります。［……］」[37]

母マーティンの娘ソフィーに対する愛情が「双子のマラサ」の関係性に例えられている点は興味深い。「おたがいによく似ている、うりふたつだという理由で、相手を大切に思う」という「双子のマラサ」の姿は、いわゆる、母─娘の深い繋がりを表しているといえる。しかしながら、作品において、ダンティカは、「双子」いう概念をより慎重に捉えようとしている。ダンティカは述べる──「『息吹、まなざし、記憶』において、双子に関するコノテーションをすべて使いたかったのです。母─娘関係に話を戻して考えると、双子とは、二人は一つであるが完全にそうではない、またた は二人はひょっとしたら似ており、同じような話し方もするかもしれないが、しかし、本質的には異なっているという考え方になります」[38]。

作品で語られる「双子のマラサ」の物語は、双子の同一性をただ強調しているわけではない。たしかに、「双子のマラサ」は「笑い方も同じならば、泣くときもまったく同じ涙を流」し一心同体の関係にあるかのようだ。しかしながら、「双子のマラサ」は「ひとりの人間が、ふたりに分かれ」ているのである。そこには、「小川の流れに姿を映」しているー人がいるならば、「すばやく水にもぐって瞳をこら」しているもう一人がいる。また、一方で「鏡をのぞく」一人がいるならば、「鏡のうしろにまわってまねを」するもう一人がいるのだ。つまり、「双子のマラサ」の関係は同一性と差異性の微妙なバランスにより保たれているのである。そして、それはマーティンとソフィーの関係においても同じである。逆に二人の関係において、同一性か差異性のどちらかが強調された場合、そのバランスは突として崩れてしまう。だからこそ、それだけにここで、何よりも、ソフィーがマーティンと顔が似ていないという事実は決定的な意味を持つだろう――「[……]わたしは家族の誰にもまったく似ていないことに気がついた。母さんにもおばさんにも似ていない。赤ん坊のときも、いまも、誰にも似ていない」[39]。

母親似ではない娘の姿――このことはまた、ソフィーが父親似であるかもしれないという憶測を呼ぶことにもなる。だが、作品において、その事実は、二人にとっての、あるトラウマ的事件を連想させていくのである。夜、マーティンは悪夢に多々うなされる。作品において、次の場面は見逃せない。

母が家にいる夜は、母が悪夢にうなされるまでずっと起きて待っていた。母は寝入るとすぐに叫び声をあげ、だれに向かってか、あっちへ行ってと大声で叫ぶ。それを聞くとわたしは母のところに飛び込んでいき、のたうちまわる母を揺り起こした。気がついたときの母の反応は、いつも同じだ。わたしの顔を見ると、いっそう恐怖感に襲われるようだった。[40]

けれどもなぜ、マーティンは、ソフィーの顔を見て、「恐怖感に襲われる」のだろうか。もちろん、その答えをソフィーは知っている。

わたしの父はマクートだったのかもしれない。母は十六歳のとき学校からの帰り道で、見ず知らずの男に襲われた。男にサトウキビ畑に連れこまれ、地面に押し倒された。男は顔に黒いバンダナを巻いていたので、母にはナスのように真っ黒な髪の毛のほかは、なにも見えなかったそうだ。何度も地面にたたきつけられた母は、恐ろしくて口もきけなかった。行為がおわると男は、殺されたくなかったら下を向いたまま地面からけっして顔をあげるなと、おどして立ち去った。その後数ヵ月は、その男が、寝ている自分を殺しに闇の中から忍びよってくるのではないかと、母は恐怖にさいなまれた。おなかの中で日一日と大きくなっていく子を、今度は引き裂きにくるのではないかと恐れていた。母は夜中になると悪夢にうなされ、シーツを引き裂いたり、自分の体を傷つけたりした。[41]

作品において、ソフィーの父が、実際にマクート、いわゆるトントン・マクートなのかどうかは明らかにされていない。しかし、「私の父はマクートだったのかもしれない」という、この言葉は、明確な答えを常に先延ばしにしながら、作品全体を不気味な空気で包み込んでいく。とりわけ、性的暴行を日常茶飯事に繰り返すマクートの恐ろしい姿は、ソフィーの血筋と存在意義を絶えず問う――「[……]マクートは、こそこそと体を隠したりはしない。人の家に押し入っては、食べものを要求し、女を出せと強要し、出てきた女をその家のベッドに連れこむ。あとは悲鳴が聞こえてくるばかり。次は娘が餌食《えじき》になる番だ。母親が相手を拒めば、息子や兄弟、はては父親と交わることを強いられる」[42]。母を襲ったという見ず知らずの男がマクートであったのかもしれないということ。マーティンとソフィーとの母―娘関係――「双子のマラサ」の関係――の亀裂の隙間からは、常にマクートの影が薄気味悪く見え隠れしている。

だが、物語が終わりに近づくにつれ二人の関係は修復していくかにみえる。ある日、ソフィーは、マーティンが恋人マルクとの間に子供を身籠ったことを聞かされる。しかし、過去のトラウマ的記憶に囚われたマーティンは産むことに躊躇し、挙句の果てには自殺を図るのである。マルクが異変に気づいたとき、マーティンは「血の海」[43]の中に倒れていたという。その後、マーティンの葬儀はハイチで行われることになる。その葬儀のためにハイチを訪れたソフィーは、次のように思う。ソフィーのこの言葉は作品の中でも特に重要なテーマが示されているだろう。

わたしは、息吹とまなざしと記憶がひとつになる国に生まれた。過去を髪の毛のように背負いつづける国に生まれた。この国の女たちは、蝶に姿を変え、娘が祈りをささげる彫像の涙となって子供のもとに帰る。母は夜明けに輝く星のように勇敢だった。母もこの土地の生まれなのだ。母は初夜に血を流せず、その後血がとまらなくなった女なのだ。苦しみに耐えられず、蝶となって生きることを選んだ女だ。母はこのわたしなのだ。[44]

「母はこのわたしなのだ」――もしかすると、ここでようやく、ソフィーはマーティンとの関係を取り戻すことができたといえるのかもしれない。「双子のマラサ」の関係へと。だが、「母はこのわたしなのだ」という言葉は、母との同一性をソフィーが単に再確認したという事実を示しているだけではない。それは、母親とのあの不気味な差異性に対して、ソフィーがようやく立ち向かう覚悟を決めた瞬間でもあっただろう。つまり、「わたしの顔があの男、わたしの父親に似ている」[45]かもしれないという現実を引き受けるというただならぬ覚悟を、ソフィーは受け入れたのではないだろうか。事実、ソフィーは母の過去と真実を無責任にただ美化したり忘却したりしていない。このとき、ソフィーの頭の中をよぎるのは、いかなる理由があれ、まさに自分の誕生とも密接にかかわっている母の人生そのものである――「母は初夜に血を流せず、その後血がとまらなくなった女なのだ。苦しみに耐えられず、蝶となって生きることを選んだ女だ」。今や、ソフィーは自身のトラウマともかかわる母の実像を積極的に受け入れようとしているのだ。

ところで、二〇一〇年に出版された『危険を冒して創作せよ』において、ダンティカは次のように述べている。

危険を冒して創作する、危険を冒して読む人びとのために。これが、作家であることの意味だと私が常々思ってきたことだ。自分の言葉がたとえどんなに取るに足らないものに思えても、いつか、どこかで、だれかが命を賭けて読んでくれるかもしれないと頭のどこかで信じて、書くこと。私の祖国と私の歴史——私は人生の最初の十二年をパパ・ドックとその息子ジャン＝クロードの独裁の下で生きた——から、私はこれを、すべての作家たちを一つに結びつける行動原理だとずっと考えてきた。[46]

ダンティカが、『息吹、まなざし、記憶』のような作品を創作しようとした／しなければならなかった理由は、ここでほぼ説明し尽されているような気がする。ダンティカはハイチの凄惨な過去を決して忘れようとはしない。ソフィーのように、ダンティカもまた、「過去を髪の毛のように背負いつづけ」ようとしている。デュヴァリエ独裁政権が終わってからほぼ八年後、ダンティカは『息吹、まなざし、記憶』を出版した。いずれにしても、その作品においてなぜ、ダンティカは、比喩的であろうと何であろうと、ヴォドゥの神（「双子のマラサ」の関係性）に忍び寄るトントン・マクートの姿を描いたのだろうか。それは一体何を暗示しているのであろうか。

フランソワ・デュヴァリエが、ヴォドゥの司祭ウンガン、またはヴォドゥの墓地の守護神バロン・サムディに扮し（忍び寄り）、カリスマ性を保ち、自身の権力を維持していたことは有名な話である。そして、そうした権力の維持のために、彼は、いわゆるトントン・マクートという、秘密警察よりは軍隊に近い国家治安義勇隊を使い、彼に逆らうものはすべて処刑にしていった。こうした想像を絶するハイチの状況は、まさに『息吹、まなざし、記憶』を読めば明らかとなるだろう。しかしまた、こうした生命の危機的状況の中で、ハイチ人にとって、ゾンビが決して架空の存在ではなく、あくまで現実的な存在であったという事実を忘れるべきではない。たとえば、帰郷ノートともいえる『アフター・ザ・ダンス』において、ダンティカは数年ぶりにハイチを訪れ、カーニヴァルを見物したことを思い出している。そして、そのとき、ふと幼年期を振り返っている。

日曜のカーニヴァルでゾンビを見ながら、わたしもまたおじさんの奥さん、ドニーズおばさんのことを思い出すのだろう。二十年ほど前のある朝、おばさんはラジオを聴かせようとしてわたしを起こした。アナウンサーが、北部の丘陵地帯で二、三十名のゾンビが意識の朦朧とした状態でうろついているところを発見されました、親類縁者があらわれて家に連れ帰るのが待たれます、といっていた。子どものころ、いちばん怖かったのはこのゾンビだった。彼らが「発見された」のはカーニヴァルの時期ではなく、お祭り気分とはほど遠いごくふつうのときだったから。伝説でもいうように、ゾンビのすぐそばまで行って塩を投げること以外に、彼らがもとの自分にもどるのを助ける手段はなかったし、立ち去らせるために安全な距離をおいて歌う歌もなかった。多くの人たちとおなじようにドニーズおばさんも、発見されたそのゾンビたちはむかし政治囚だった人ではないかと考えた。シャルル・オスカル・エティエンヌによって投獄された人たちのように、独裁政権がやらせた拷問によって神経的にひどいダメージを受けて、完全に狂ってしまうか精神に異常をきたすしかなかった人たち。ドニーズおばさんも多くの人たちと同様、はたして親戚が名乗り出て彼らを連れ帰るかしら、といっていた。自分まで投獄されるのじゃないかという不安があったからだ。[47]

「二、三十名のゾンビ」の姿。独裁政権下のハイチにおいて、その当時、政権に逆らう「嫌われ者」の多くは「制裁」を受けなければならなかった。作家たちも容赦なくその対象とされた。たしかに、ダンティカが『息吹、まなざし、記憶』を執筆したのは、ハイチの独裁政権終焉後であったが、それでも彼女は、ゾンビにまつわる「本当にあった話」を他人事として片づけることなどできなかっただろう。ここでもう一度、ダンティカのあの言葉を思い出したい——「危険を冒して創作する、危険を冒して読む人々のために」。今も昔も、彼女はハイチの過去のトラウマ的記憶と苦渋に満ちた対話を繰り返している。ダンティカにとって、今もヴォドゥから連想されるゾンビは現実的な存在として映し出されているだろう。

おわりに

リースとダンティカにとって、ゾンビにまつわる物語は、あくまで「本当にあった（かもしれない）話」なのである。二人にとって、ゾンビという存在は現実性を帯び、彼女たちの置かれた境遇や経験と深く結び付いている。ゾンビは、自分たちのトラウマ的な恐怖――リースの場合は人種的恐怖、ダンティカの場合は政治的恐怖――を反復強迫的に常に想起あるいは回帰させる不気味な何かであったはずだ。ゾンビに関する、二人の語りが自己抑圧的で間接的であるのは、もしかすると、こうした事実と関連しているのかもしれない。

それにしても、これまで考察してきた『サルガッソーの広い海』と『息吹、まなざし、記憶』――西インド諸島で生まれ育った少女の大人への道程を描く、それら二つの作品から、教養小説（Bildungsroman）の影響を安易に読み取ろうとしてもいいのだろうか。ここでアーニャ・ルーンバの声が聞こえてくる。

植民地支配のイデオロギーから距離を取っていたり、それに批判的な態度を取っていると言える文学テキストですら、植民地主義の利害に奉仕させられる。原住民の文学の価値を低く評価する教育システムのなか、ある特定の西洋のテキストが高度の文化や価値観を示すものだとしつこく主張するヨーロッパ中心主義的な批評という実践の場でそういう事態が生じる。[48]

リースやダンティカの作品を教養小説と関連付ける際、もしそのことが、ヨーロッパ由来の価値観・見解を高尚かつ普遍的だと信じ込み、その視点から彼女たちの作品を評価しようとする傾向に多少なりともなるならば、彼女たちが声を潜めてまでして語る「本当にあった（かもしれない）話」の真意を汲み取ることは難しいだろう。リースとダンティカの作品を慎重に読むこと——それは、自文化中心主義的で独善的な教養を他者に強要してきた／いるという、いわゆる文明国にまつわる〈本当の話〉を（再）認識するきっかけにもなるはずだ。

＊本章は、日本英文学会中部支部第六八回大会シンポジウム「THE DEAD WALK!——ゾンビと映画／文学のクロスオーバー」（日本英文学会中部支部二〇一六年十月十五日、於富山大学）で行った口頭発表に加筆

修正を施したものである。

＊＊本研究は、二〇一四―二〇一六年度日本学術振興会科学研究費助成事業による基盤研究（C）「北米及びカリブ海地域におけるツーリズムに対するコロニアリズムの影響と推移」の一部である。

注

1 とりわけ、現代におけるゾンビ映画のブームは注目に値するだろう。二〇一三年二月号の『ユリイカ』はゾンビ特集であった。たとえば、その中の論文「生きる屍のゆくえ―ゾンビ映画の現代性―」において、渡邉大輔は次のように述べている。「[……]「ゾンビカルチャー」の主な発端となった映画の世界でも、やはり二一世紀に入って以降、ハリウッドを中心として、ゾンビ映画の製作本数がせきを切ったように急増していることが知られています。その数は、二〇〇二年のハリウッド映画版『バイオハザード』*Resident Evil* の公開以降、現在までゆうに三五〇本を超える勢いです。」渡邉大輔「生きる屍のゆくえ――ゾンビ映画の現代性――」『ユリイカ』、二〇一三年二月号所収、一一一頁。ゾンビ映画のこうしたブームは、多種多様なゾンビ像を世界に生み出し続けているといえる。

2 ラフカディオ・ハーン「魔女」ラフカディオ・ハーン『仏領西インドの二年間（上）』平井呈一訳、恒文社、一九七六年、二四九頁。

3 ハーン、前掲書、二五〇―二五一頁。

4 ハーン、前掲書、二四九頁。

5 ハーン、前掲書、二五二―二五四頁。

6 ハーン、前掲書、二五二頁。

7　地引雄一は、ヴードゥー教（英語発音によるヴードゥー (Voodoo) という呼び名が一般的だが、本章では、ハイチや西アフリカ現地の発音に近いヴォドゥ (Vodou, Vodun) という呼び名を採用したい）の歴史を次のように説明している。「ヴードゥー教とは、ハイチに連れてこられた黒人奴隷の間でアフリカの宗教をもとにして発達したもので、映画でイメージされるような不気味な邪教では決してない。十八世紀以来のハイチでの奴隷解放の闘いの中で、彼らの精神的結束の基盤としてヴードゥー教は広まり、その後現在までハイチの人々の生活を支えている。そして、ゾンビの秘法とは、過酷なフランス植民地時代の圧政のもと、逃亡奴隷たちが形成した秘密結社の中で、支配者層との闘いに際して結社の結束を守るための制裁の手段として用いられてきたものだという。現在でも、そのゾンビの秘法は密かに伝えられ、恨みを持つ者への報復や刑罰として実行されているという。ゾンビにされた者は奴隷として売り買いされ、一生働かされ続けるのだそうだ。ゾンビ儀式を行うことが法律で禁じられているという事実が、その存在を裏付けていると言えるだろう」地引雄一「ヴードゥー・ゾンビとモダン・ゾンビ――ヴードゥー教のゾンビとロメロ映画のリビング・デッド、同じ生ける死者である両者の違いとは？――」『ゾンビ映画大事典』、伊東美和編著、洋泉社、二〇〇三年所収、八四頁。

8　ウェイド・デイヴィス『蛇と虹――ゾンビの謎に挑む――』田中昌太郎訳、草思社、一九八八年、二二六頁。

9　シドニー・W・ミンツ『アフリカン・アメリカン文化の誕生――カリブ海域黒人の生きるための闘い――』藤本和子編訳、岩波書店、二〇〇〇年、二五二頁。

10　また、立花英裕も次のように指摘している。「合衆国は、占領を正当化するために、ハイチ非文明国論を大々的に展開した。ヴォドゥの「悪魔的性格」を喧伝する書物が次々と出版されたのである。代表的なものに、ジョン・ヒューストン・クレージ『ブラック・バグダッド』、ファーステン・ワーカス『人食い従兄弟』がある。この二人の著者はともにハイチに派遣された海軍士官で、本のタイトルからも明らかなように、露骨な人種的優越感の上にたってことさらにハイチの神秘性と脅威を訴えた。今日でも一般に根強く残っているハイチやヴォドゥのどす黒いイメージはこの時代に増幅されたのである。」立花英裕「ハイチ現代文学の歴史的背景」フランケチエンヌ他、立花英裕、星埜守之編『月光浴――ハイチ短編集――』、図書刊行会、二〇〇三年所収、三三九頁。

11　邦訳のタイトルは『ヴードゥーの神々――ジャマイカ、ハイチ紀行――』となっている。

12　ゾラ・ニール・ハーストン『ヴードゥーの神々――ジャマイカ、ハイチ紀行――』常田景子訳、新宿書房、一九九九年、一八八―一八九頁。

13　ハーストン、前掲書、一九〇頁。

14　デイヴィス、前掲書、二三三頁。

15　ロバート・E・ヘメンウェイ『ゾラ・ニール・ハーストン伝』中村輝子訳、平凡社、一九九七年、三四九頁。

16　ハーストン、前掲書、一〇七―一〇八頁。

17　檀原照和『ヴードゥー大全――アフロ民族の世界――』、夏目書房、二〇〇六年、五九頁。

18　Elizabeth Vreeland, "Jean Rhys: The Art of Fiction LXIV," in *Paris Review* 76 (Fall, 1979), p. 235.

19　ジーン・リース『サルガッソーの広い海』小沢瑞穂訳、『池澤夏樹＝個人編集　世界文学全集Ⅱ-01　灯台へ／サルガッソーの広い海』、河出書房新社、二〇〇九年所収、三五九―三六〇頁。一部用語を変更した。

20　リース、前掲書、二七六頁。

21　実際、オービアマンやオービアウーマンに対して依頼人は絶対服従しなければならなかったという。檀原は次のように述べている。「［……］司祭はオービアマン、女性の場合はオービアウーマンと呼ばれる。アフリカでは魔術は人を救い、守るためのごく当たり前の行為である。オービアマンは人々の依頼に応じて施術を行う。干からびたカエル、山羊の皮、豚の尻尾、猫の歯、爪、骨、灰、墓の土くれ（ダーファー・ダスト）、数々の薬草が呪物として使用された。依頼人はオービアマンに対し、たとえ理不尽に思えるときでも絶対服従しなければならない。さもないと効果は期待できない、といわれているからである」檀原、前掲書、一二三頁。

22 リース、前掲書、二七六頁。

23 リース、前掲書、四一四頁。

24 リース、前掲書、三六五頁。

25 リース、前掲書、三六五頁。

26 リース、前掲書、三八九頁。

27 リース、前掲書、二七八頁。

28 リース、前掲書、三五三―三五四頁。

29 檀原、前掲書、五九頁。

30 檀原、前掲書、一二二―一二三頁。

31 Edwidge Danticat, "Introduction", in *Wide Sargasso Sea* (New York and London: W.W. Norton & Company, 2016), p. 6.

32 David Barsamian and Edwidge Danticat, "Edwidge Danticat Interview" in *the Progressive* (October 2003) http://progressive.org/magazine/edwidge-danticat-interview/.

33 ソフィーのこうした移動の軌跡は、ダンティカ自身のそれと重なるところも少なくはない。一九六九年にハイチで生まれたダンティカは、一二歳の時まで伯父と叔母に育てられた。その後、両親の住むアメリカのニューヨークに移り住むことになる。ダンティカはバーナード・カレッジでフランス文学を学び、ブラウン大学大学院修士課程ではクリエイティブ・ライティングのコースへと進学している。ちなみに、『息吹、まなざし、記憶』はブラウン大学大学院で書いた修士論文がもとになっている。

34 邦訳での作者名は「エドウィッジ・ダンティカット」とされているが、本章では現在、一般的とされる「エドウィージ・ダンティカ」と表記することにした。エドウィッジ・ダンティカット『息吹、まなざし、記憶』玉木幸子訳、DHC、二〇〇〇年、十五—十六頁。

35 ダンティカット、前掲書、七七頁。

36 ダンティカット、前掲書、一一二頁。

37 ダンティカット、前掲書、一〇八—一〇九頁。

38 Renee H. Shea and Edwidge Danticat, "The Dangerous Job of Edwidge Danticat: An Interview" in *Callaloo* Vol. 19, No. 2 (Spring, 1996), p. 358.

39 ダンティカット、前掲書、五九頁。

40 ダンティカット、前掲書、一〇四頁。

41 ダンティカット、前掲書、一七五—一七六頁。

42 ダンティカット、前掲書、一七五頁。

43 ダンティカット、前掲書、二八四頁。

44 ダンティカット、前掲書、二九七頁。

45 ダンティカット、前掲書、二一四頁。

46 邦題は『地震以前の私たち、地震以後の私たち——それぞれの記憶よ、語れ——』となっている。エドウィージ・ダンティカ『地震以前の私たち、地震以後の私たち——それぞれの記憶よ、語れ——』佐川愛子訳、作品社、二〇一三年、一二一頁。

47 エドウィージ・ダンティカ『アフター・ザ・ダンス』くぼたのぞみ訳、現代企画室、二〇〇三年、九〇—九一頁。

48 アーニャ・ルーンバ『ポストコロニアル理論入門』吉原ゆかり訳、松柏社、二〇〇一年、一一五頁。

引用文献

Barsamian, David and Danticat, Edwidge. "Edwidge Danticat Interview" in *the Progressive* (October 2003) <http://progressive.org/magazine/edwidge-danticat-interview/>.

Danticat, Edwidge. "Introduction", in *Wide Sargasso Sea* (New York and London: W.W. Norton & Company, 2016) 5–11.

Shea, Renee H. and Danticat, Edwidge. "The Dangerous Job of Edwidge Danticat: An Interview" in *Callaloo* Vol. 19, No. 2 (Spring, 1996) 382–389.

Vreeland, Elizabeth. "Jean Rhys: The Art of Fiction LXIV," in *Paris Review* 76 (Fall, 1979) 219–237.

地引雄一「ヴードゥー・ゾンビとモダン・ゾンビ——ヴードゥー教のゾンビとロメロ映画のリビング・デッド、同じ生ける死者である両者の違いとは？——」伊東美和編著、『ゾンビ映画大事典』、洋泉社、二〇〇三年、八二—八八。

立花英裕「ハイチ現代文学の歴史的背景」、フランケチエンヌ他、立花英裕、星埜守之編『月光浴——ハイチ短編集』所収、二〇〇三年、二九三—三六二。

ダンティカ，エドウィージ『アフター・ザ・ダンス——ハイチ、カーニヴァルのへの旅——』くぼたのぞみ訳、現代企画室、二〇〇三年。

――『地震以前の私たち、地震以後の私たち―それぞれの記憶よ、語れ―』佐川愛子訳、作品社、二〇一三年。

ダンティカット，エドウィッジ『息吹、まなざし、記憶』玉木幸子訳、DHC、二〇〇〇年。

檀原照和『ヴードゥー大全――アフロ民族の世界――』、夏目書房、二〇〇六年。

デイヴィス，ウェイド『蛇と虹――ゾンビの謎に挑む――』田中昌太郎訳、草思社、一九八八年。

ハーストン，ゾラ・ニール『ヴードゥーの神々――ジャマイカ、ハイチ紀行――』常田景子訳、新宿書房、一九九九年。

ハーン，ラフカディオ「魔女」ラフカディオ・ハーン『仏領インドの二年間（上）』平井呈一訳、恒文社、一九七六年、二四五―二七三。

ヘメンウェイ，ロバート・E『ゾラ・ニール・ハーストン伝』中村輝子訳、平凡社、一九九七年。

ミンツ，シドニー・W『アフリカン・アメリカン文化の誕生――カリブ海域黒人の生きるための闘い――』藤本和子編訳、岩波書店、二〇〇〇年。

リース，ジーン『サルガッソーの広い海』小沢瑞穂訳、『池澤夏樹＝個人編集　世界文学全集Ⅱ-01　灯台へ／サルガッソーの広い海』、河出書房新社、二〇〇九年所収、二六九―四四一。

ルーンバ，アーニャ『ポストコロニアル理論入門』吉原ゆかり訳、松柏社、二〇〇一年。

渡邉大輔「生きる屍のゆくえ――ゾンビ映画の現代性――」『ユリイカ』、二月号二〇一三年、一一一―一一五。

第５章

（旧）植民地で生まれ育った植民者

ジーン・リースと森崎和江

杉浦　清文

終戦直後、引揚援護港として指定を受けていた博多港にある記念碑。
豊福知徳氏作「那の津往還」。（撮影：杉浦清文）

はじめに

植民地主義が、エゴイスティックなナショナリズムに基づいて、海外に領土を拡張し人の移動を促したのであれば、その際、「（旧）植民地で生まれ、（旧）植民地で育った植民者」という存在も必然的に生み出された事実を忘れてはならない。英語圏の「ポストコロニアル文学」に親しんできた者ならば、「（旧）植民地で生まれ育った植民者」と聞いて、（旧）英領ドミニカ島出身の白人クレオール女性作家ジーン・リースを思い浮かべる者も少なくはないだろう。実際、日本において、「ポストコロニアル文学」研究の興隆とともに、リースの文学研究は盛んになりつつある。しかし、カタカナで表記される「ポストコロニアル」という概念は、西洋から地政学的に離れた位置から、まさに西洋の植民地主義の「後腐れ」をただ傍観するためにあるのではない。植民地主義という凄惨な権力体系は、かつての東アジアでも暴力的に作用していたのであり、しかもその体系は今も形を変えて生き延びようとしている。だからこそ、今もこうして残存する、日本の植民地主義の弊害を、私たちは責任を持って目撃していかなければならないだろう。こうした点を心に留めつつ、欧米系の「ポストコロニアリズム」の問題を、東アジアにまつわる「脱植民地主義」の問題へと関連付けたとき、「（旧）植民地で生まれ育った植民者」の考察は、日本の引揚者たちの問題[1]へと射程を広げていくことになるはずだ。

本章では、ジーン・リースの文学性と日本の引揚者である森崎和江の文学性に着眼していく。リースと森崎の生い立ちには、興味深い類似性が際立つ。白人クレオール、つまり、「(旧) 植民地生まれのイギリス人、白人」であるリースは、一八九〇年八月二四日にドミニカ島の首都ロゾーで生まれた。本名はエラ・グウェンドリン・リース・ウィリアムズ (Ella Gwendoline Rees Williams)。彼女は一九〇七年、つまりは十七歳になる一、二週間前にイギリスに渡り、ケンブリッジにあるパース女学校に入学した。しかし、イギリスの (旧) 植民地ドミニカ島で生まれ育ったリースは、その後、イギリスに馴染めず、ましてやイギリス人になることに強い違和感を抱くことになる。他方、一九二七年、朝鮮慶尚北道大邱生まれの森崎は、「(旧) 外地で生まれ育った内地人」である。一九四四年、森崎は一七歳のときに、福岡県立女子専門学校に内地留学し、彼女はその翌年の一九四五年に内地で終戦を経験する。終戦は、朝鮮半島での直接的な日本の植民地支配が終了したことを意味していた。森崎家は日本に引揚げることを余儀なくされる。しかし、日本の (旧) 植民地で生まれ育った森崎は、引揚げ後、日本人になることに違和感を持つ。その後、森崎は九州における社会運動や女性解放運動へと転進を図っていく。

ところで、リースと森崎は、幼年期において、被植民者である乳母に育てられており、二人は、それぞれ違った形で、そうした乳母との入り組んだ関係を告白している。また、森崎は十七歳で日本という祖国に渡り、一九六八年、四〇代になってはじめて生まれ故郷である朝鮮半島に帰郷しており、リースもまた、森崎と同じように、ほぼ十七歳のときにイギリス、いわば祖国の地を踏み、一九三六年、四〇代にはじめて生まれ故郷のドミニカ島に帰郷している。もちろん、こうした共通点だけでも極めて興味深い。しかし、何よりも、注目すべき二人の共通点は、森崎が「内地知らずの内地人」であったならば、リースもまた、日本語風にいえば、「内地知らずの内地人」であったといえる点であろう。つまり、二人とも「(旧)植民地で生まれ育った植民者」であったのだ。

ジーン・リース

リースが「(旧)植民地生まれのイギリス人、つまりは白人」という意味でクレオールであったという点を再確認しておきたい。たとえば、今福龍太はクレオールについて次のように説明している。

〈クレオール〉は語源的にはポルトガル語の〈クリアール〉(育てる)とそれから派生した〈クリオウロ〉(新大陸で生まれた黒人奴隷)に由来する。歴史的に〈クリオウロ〉の意味は変化を見ており、これはまもなく新大陸で生まれたヨーロッパ人をも指すようになった。スペイン語圏でこれを〈クリオーリョ〉と呼びならわすようになり、フランス語圏、オランダ語圏、英語圏ではこれを〈クリオール〉と呼びならわすようになった。すなわちクレオールは第一に新大陸や他の植民地圏で生まれた白人および黒人（さらに後には、その混血）を意味したのであり、やがてその結果として彼らの習慣や言語をも指すようになったと考えられる。[2]

今福の言葉を借りるならば、リースは「新大陸で生まれたヨーロッパ人」という意味において、クレオールであった。つまり、彼女は、(旧) 植民地生まれのヨーロッパ人、すなわち西インド諸島では旧奴隷主の白人であったのだ。リースのアイデンティティは、極めて複雑な様相を呈していた。たとえば、旧大陸のヨーロッパ人から「白い黒んぼ」と呼ばれ、同時に、新大陸の旧奴隷からは「白いゴキブリ」と呼ばれ、忌み嫌われる存在だった。

　こうした複雑な白人クレオールのアイデンティティは、リースの代表作『サルガッソーの広い海』において描写されている。小説のヒロイン、アントワネットは、曖昧かつ複雑な白人クレオールの主体性を次のように表現している。

　あれは白いゴキブリの歌。私のことよ。彼らがアフリカで身内から奴隷商人に売られてやってくる前からここにいた白人のことを、彼らはそう呼ぶの。イギリスの女たちも私たちのことを白い黒んぼと呼ぶんですってね。だから、あなたたちの間にいると、私はだれで、私の国はどこで、私はどこに属しているか、いったいなぜ生まれてきたのかいつも考えてしまうわ。[3]

アントワネットのように、リースのアイデンティティもまた、「本物の白人」とされるイギリス側の人間とドミニカ島において人口的にマジョリティであるアフリカ系の人間との間で引き裂かれていた。

未完の自伝『お願い、笑って』において、リースが繰り返し「黒人になりたかった」と述べているのは有名である。しかし、白人クレオールであるリースの、黒人への同化願望は、必然的に入り組んだ心的プロセスを踏むことになる。イギリスが本国と言われようが、リースが、その本国の人間とされるイギリスの白い肌の人間よりも、故郷であるドミニカ島における、アフリカ系の黒い肌の人間のほうに親近感を感じていたことは確かだ。しかし、そうした黒人への同化願望が、完全な形で実現することは決してなかった。たとえば、その自伝ではまた、幼年期に見た、ドミニカ島のカーニヴァルを思い出す場面がある。カーニヴァルで生き生きと踊る黒人たちの姿を見て、リースは「黒人になって踊りたい」と思う。しかしながら、そのとき、彼女は黒人たちのそうした踊りが白人に対する激しい怒りを表現していることを知っていた。彼女は述べている――「いつものように、私の感情は入り乱れていた。というのも、私は仮面がとても怖かったからだ。」[4]

とはいえ、ドミニカ島において大多数を占める黒人たちの文化・社会は、リースにとってやはり身近に感じられた。その際、幼年期に親代わりとして存在した乳母《ダー》からの様々な戒めは、リースのアイデンティティ形成において大きな役割を果たしたといえる。つまり、白人クレオールの娘の心身が黒人の乳母の影響を通してアフリカナイズされた点は否定できないだろう。たとえば、『ユーマ』において、ラフカディオ・ハーンは、ダーと白人クレオールの娘の関係性を、次にように記している。

> それというのは、白人の子供を預かる乳母《ダー》は誰もがストーリーテラーだったからで、そうして育った子供たちが、最初に空想力をはぐくまれるのは、乳母のお伽噺《ときばなし》を通してだったからである。こうして空想力は一旦はアフリカナイズされた。それは年長になってから受ける公教育をもってしても完全には除去できないほどの深い感化であった。[5]

ここで、ハーンは、白人クレオールの娘とダーとを、深い愛情の中で結ばれたものとして描いている。さらに、白人クレオールの娘が、ダーのお伽噺を通してアフリカナイズされていったという、ハーンの説明も注目に値するだろう。何よりも、その影響が「年長になってから受ける公教育をもってしても完全には除去できないほどの深い感化であった」と説明されている点に引き付けられる。しかしながら、リースのダーは、ハーンが描いたユーマとは性格が大きく異なっていた。彼女のダーであったメータも「ストーリーテラー」だったようだが、実際、そのメータから聞かされた話とは、心が弾むような昔話などではなかった。それは、西インド諸島の「ゾンビや狼男、吸血鬼」といった彼女に恐怖を植え付けるようなものであったという。ここにおいて、リースとダーの関係の中に、捩じれた人種主義のイデオロギーが作用している点を見逃してはならない。リースとメータの間には、ハーンが見逃してしまった、白人クレオールの娘と黒人の乳母とのもう一つの関係性が見て取れるだろう。

メータには、私を平手打ちすることは許されていなかったし、彼女は決してそうしなかった。でも、そのかわり、彼女は、私の肩をつかんで私を乱暴に揺さぶり、鬱憤を晴らした。髪を振り乱しながら、私はまだ声を出す余裕があるうちに、「黒い悪魔め！　黒い悪魔め！　黒い悪魔め！」とさけんだものだった。私は、決してこのすべてのことを母にいいつけようとは夢にも思わなかった。もし私がそうしたとしても、うまく問題が解決したかどうかは疑問であった。しかし、メータがここから去ったとき、あるいは追い払われたとき、私の安堵感は非常に大きかった。私は、誰が彼女の後釜になったか、あるいは、実際、誰かが彼女の後釜になったのかどうかさえも思い出せない。しかし、いずれにしても、遅すぎた。私はダメージを受けていた。メータは私に恐怖と不信の世界を教えたのである。そして私はいまだその世界にいる。[6]

リースは、メータによって「恐怖と不信の世界」を教えられたというが、彼女のこうした体験から判断する限り、黒人への同化願望に立ち塞がる、黒人たちへの恐怖と不信の感情は、幼年期において既に形成されていたことがわかるだろう。リースの心身のアフリカ化は極めて複雑な過程を辿ったといえる。[7]

いずれにしても、このような複雑な人種的環境の中で幼年期を過ごしたリースが、一九三四年に出版された『暗闇の中の航海』において、白人クレオールの少女アナとダーであるフランシーヌの関係に焦点を当てながら、そのアナが抱く、黒人への複雑な同化願望を描こうとした点は興味深い。この小説では、アナはダーであったフランシーヌを度々回想している。フランシーヌへの彼女の愛情は、黒人に感じる親近感の表れでもあり、こうした点はアナの次の言葉からも明らかである。

> 私は黒くありたかった。私はいつも黒くありたいと願っていた。フランシーヌがいてくれたから幸せだった。彼女の手が団扇を前後に揺らしているのを見ていた。そして、ハンカチーフの下から汗が伝うのを見た。黒いってことはあたたかくて明るいこと。白いっていうことは冷たく悲しいこと。[8]

このアナの言葉において、フランシーヌの肌の色が強調されている点は重要である。アナは「黒さ」に対して肯定的なイメージを倍加させ、一方、「白さ」に対しては否定的なイメージを払拭できないでいる。もちろん、この小説における「黒さ」を優位に置く対比関係からは、白人中心主義的な人種差別的思考への対抗ともいえる、リースの文学的な戦略を読み取ることができるかもしれない。『暗闇の中の航海』が出版された一九三四年という時期が、「黒人性」を積極的に再認識しようとした、ネグリチュード文学運動の萌芽期と重なっている点は示唆的である。これに関して、ケネス・ラムチャンドは、『暗闇の中の航海』を最初のネグリチュードの文学であると指摘したこともあった。[9]

しかし、『暗闇の中の航海』を、黒人たちの「声」の復権を志向する、こうした文学運動と重ねようとすればするほど、白人クレオールの不協和音的な「声」が聞こえてしまうのは私だけだろうか。「ネグリチュード」が西インド諸島において声高に叫ばれつつあったこの時期に出版された『暗闇の中の航海』を、その当時の歴史的事情を考慮に入れて、もう一度丁寧に読み直すことは、白人クレオールとしてのリースのアイデンティティを探るうえでも重要ではないだろうか。そうしたとき、この作品からは何よりも、「黒人」という存在に対する微妙な距離感が読み取れる。『暗闇の中の航海』において、リースは白人クレオールとしてのアナの入り組んだ感情を描写することにこだわり続けた。彼女には、そうする必要があったように思える。たとえば、次の場面に注目したい。

フランシーヌは、そこで食器を洗っていた。彼女の目は煙で赤く、涙が流れていた。彼女の顔はかなり濡れていた。手の甲で目を拭い、彼女は私を横目で見た。それから、パトワで何かを言って、食器を洗い続けた。しかし、もちろん私は白人だったから、フランシーヌはまた私のことを嫌っているということを知っていた。そしてさらに、私が白くあることをひどく嫌っているということをフランシーヌに説明することなどできないこともわかっていた。[10]

小説全般を通して、「黒さ」に対するアナの親近感を読み取ることは容易である。それはまた、黒人の乳母、フランシーヌへの愛情を通じて表されている。しかし、アナにとって、「黒さ」へ接近することは、アナ自身の心身に染み渡った「白さ」への自己憎悪の感情を引き起こすことにもなる。ともかくも、アナにとって、「黒人」という存在は、彼女自身にプランター階級の末裔としての「白人」という立場を常に再認識させ、彼女を責め立てるのだ。少なくとも、リースの幼年期の回想から推定するならば、ダー、または黒人という存在に対して、アナが感じる「白さ」への強迫観念は、まったく形が一緒ではないにしても、リース自身も持ち合わせていたものに違いない。

ちなみに、リースは、『暗闇の中の航海』が出版された二年後の一九三六年に、三〇年ぶりの帰郷を果たしている。その際、彼女は、幼年期に刷り込まれた、あの入り組んだ心情を改めて認識したのではないだろうか。このとき、自伝における、彼女の断片的なノートは極めて重要だといわざるを得ない。それには、「ジェネヴァ」(Geneva) というタイトルが付けられている。ジェネヴァは、かつて、リースの母方の家系が所有するプランテーションのあった場所である。リースはそこを訪れた際、次のように述べている。

ずっとあとになって、私は一度だけドミニカ島に戻ったとき、ジェネヴァに訪れるのにガイドが必要であると聞かされた。「ジェネヴァに行くのにガイド?なんてばかげてるの」、と私は思った。しかし、ガイドがいて、私たちは車ですぐに出発し、そのガイドは私を連れて行く場所がどこであるのか、正確にわかっているようであった。屋敷があったところは、空き地になっていた。ジェネヴァの屋敷は二回、いや三回は焼け落ちていた。私は、その空き地を眺め、そこにかつてあった屋敷、庭、スイカズラ、ジャスミン、高いシダの木を思い出そうとした。しかし、何もなかった。何もなかったのだ。見るものは何もない。言葉も出なかった。屋敷の土台さえもなかったのだから。[11]

ここで見逃せないのは、ドミニカ島出身のリースに対して、それも彼女がよく知っている場所に行くというのに、「ガイド」が付けられてしまうことである。リースはそのことに驚きを隠し切れない。もちろん、リースの驚きは当然であろう。というのも、このガイドという存在、すなわち「この地をよく知っている者」としてのガイドは、反対にガイドをつけられてしまうリースの存在を「よそ者」として映し出してしまうからである。しかし、また、リースのこうした疎外感を検証するとき、ジェネヴァにあったという屋敷が焼失していたという点にも着目すべきである。西インド諸島では、奴隷解放後、白人クレオールの屋敷が燃やされるといった事件が頻発した。どうやら、ジェネヴァの屋敷も黒人に焼かれてしまったようだ。[12] とりわけ、リースのこの帰郷に関する断片ノートを読めば、黒人の存在が浮かび上がるのは確かである。

ところで、リースは、一九三六年三月の初めにマルティニーク、セントルシアを訪れ、三月の終わりにはドミニカ島に滞在している。ここで興味深いのは、ネグリチュード文学運動の先駆者の一人であるエメ・セゼールもまた、一九三六年に、渡仏してから初めての帰郷（マルティニーク）を実現している点である。セゼールは、その年に『帰郷ノート』を書き始めたともいわれている。一九三〇年代は、西インド諸島の歴史に即せば、「黒人性」が再確認された時期であった。セゼールの力強い「帰郷ノート」に比べて、リースの「帰郷ノート」は安定性に欠けている。こうした時期に帰郷を果たしたリースは、そのとき、以前にも増して、黒人という存在に対して敏感に反応せざるを得なかったであろう。そして、彼女は自分自身の「白さ」を改めて自覚するしかなかったのではないだろうか。ドミニカ島への帰郷を通して、リースは故郷喪失感をより現実的に感じ取ったに違いない。

リースの本名が、エラ・グウェンドリン・リース・ウィリアムズであったことは先に述べた。しかし、彼女がグウェンドリンという名前を嫌っていたという話は興味深い。その理由は、ウェールズ語で、このグウェンドリンが「白」を意味していたからだという。果たして、リースは、植民者の原罪を象徴する、この「白さ」を自らの心身から掻き消すことに成功したのだろうか。

森崎和江

一九七九年、『諸君!』において、本田靖春は十六人の引揚げ体験者を取り上げているが、ここでインタビュアーである本田自身が引揚げの体験者であることを考慮に入れるならば、読者はこのルポルタージュを通して十七人の引揚者の「声」を聞くことになる。そして、こうした引揚者たちのほとんどが、引揚げ後、戦後といわれる日本において、日本人でありながら、しかし日本人ではないという分裂した「私」と対峙せざるを得なかったという体験を共有している点は気になる。[13]

戦後、日本社会は引揚者に対して、冷たい視線を注いだ。たとえば、三木卓は、「ぼくらが学校へ入って行くと、日本は食う物ないのに、お前らまで帰って来た、とほかの子供にダイレクトにいわれるわけですね。そうすると、あ、本当にすまないな、という感じはするわけです」[14]とインタビューで語っている。三木のこの言葉からも、戦後の日本社会における引揚者たちの孤独な姿が浮かび上がる。ここで本田の言葉を借りるならば、多くの引揚者たちは、自分たちが「この国の人たちと、かなり異質だという認識を捨てることが出来ない」[15]のである。

しかし、日本人としての「私」に馴染めないからといって、引揚者たちの多くは、(旧)植民地側の「私」として自己を確立させることもできなかった。本田はいう――「引揚げて来てから、かなり長いあいだ、私は自分を被害者の立場にばかり位置づけていたように思う。だが目を見開いて行くにつれ、被害者だとばかり信じ込んでいた自分が、実は異民族に対して加害者の立場にいたのだという、どうにも否定しようのない事実を認識させられたのである」[16]と。ここに、引揚者としての本田の引き裂かれた「私」の声が聞こえる。日本人でありながら、(旧)植民地側の人間でもあり、しかし、日本人でも、(旧)植民地側の人間ともいえない「存在者」。何よりも、本田にとって、「私」探しの旅は、「加害者」、いわば植民者としての原罪を強く意識することになる、痛々しい自己省察を促すものである。[17]

森崎和江もまた、「(旧)植民地で生まれ育った植民者」であり、本田、さらには彼がインタビューした引揚者たちと同じような経験を共有していた。戦後日本において、森崎も分裂した「私」という感覚を捨て切れずにいた。引揚げ後の戦後日本において、彼女は「私」という言葉の意味がわからなくなる。「朝鮮断章・1――わたしのかお――」の中で、彼女は次のように述べる。

> 私は朝鮮で日本人であった。内地人とよばれる部類であった。がしかし、私は内地知らずの内地人にすぎない。内地人が植民地で生んだ女の子なのである。その私が何に育ったのか、私は何になったのか。私は植民地で何であったのか、また敗戦後の母国というところで私は何であったか（いや何であろうと骨身をけずったか。私は、ここで、このくにで、生まれながらの何かであるという自然さを主観的に所有していなかったのである。私は何ものかであろうと、自分の力で可能なかぎりの生き方をした。まるで失った何かをうばいかえそうとでもするかのように）[18]

森崎のこうした入り組んだ「私」の様相には、白人クレオールの複雑なアイデンティティとの類似性が目立つ。森崎の言葉は、先に見た、『サルガッソーの広い海』における、アントワネットの言葉を髣髴とさせるだろう。

ちなみに、内地を知らずに育った森崎は、日本の（旧）植民地、いわば（旧）外地の朝鮮の文化的影響を受けて育った。そんな森崎にとって、乳母（オモニ、ネエヤ）の存在は極めて重要であったといえる。森崎は「私」というアイデンティティが、彼女の生まれ育った朝鮮によって作られたという点を実感し、何よりも朝鮮人の乳母の愛情を通じて形成されたことを認めている。こうした中で、森崎の耳には、「オモニ」という音が、とりあえずは心地よく鳴り響く。

> オモニということばは、おかあさんという朝鮮語だ。朝鮮の子供らは「オモニ！」と呼ぶ。幼ない子は「オンマア！」という。よいひびきをもつ語である。朝鮮にいた日本人らはその家庭で家事をしてくれる手伝いの朝鮮婦人をオモニとよ《ママ》んだ。手伝いの少女は日本ふうにネエヤといった。オモニやネエヤは私らの育つ間中私の身近でふれることのできるふんわりと大きな座ぶとんのようなものだった。その中で私らは味噌汁を吸い、朝鮮ふうのつけものを食べ、朝鮮ふうにつくろってもらった衣服をつけて学校へ通ったのである。私には母の背におぶわれた記憶は残っていないけれども、オモニの背中のぬくもりと髪の毛が頬や唇にあたっていた記憶は残っている。[19]

森崎の幼年期の記憶は、オモニへの愛情で埋め尽くされており、とりわけオモニへの感謝の気持ちは、引揚げ後の日本での生活の中でさらに膨れ上がってきたといえる。森崎とオモニのこうした関係は、ハーンが描いた『ユーマ』の世界を、新たな視点から眺め直すことを可能とさせるだろう。森崎は、幼年期、昔話をオモニやネエヤからよく聞かされたことを懐かしく思い出している。[20]

しかし、オモニに対する、森崎のこうした追想を、失われた幸福な時を取り戻す経験として容易に理解してよいのだろうか。森崎のオモニへの愛情はあまりにも深い。ここで気にかかるのは、なぜ、森崎がオモニへの愛情をこれほどまでに意識せずにはいられないのかという点である。森崎にとって、オモニへの深い愛情は、まさに彼女が植民者であるにもかかわらず、そんな彼女を育ててくれたという、深甚なる謝意の表れでもある。しかし、オモニへのそうした感謝の念を表面化させることは、同時に自己に対する憎悪の念を剥き出しにする結果ともなる。つまり、森崎にとって、彼女に優しく接してくれたオモニの姿を想起すればするほど、「(旧)植民地で生まれ育った植民者」としての彼女自身の原罪を再認識せずにはいられないのである。もちろん、逆もありうるだろう。つまり、森崎自身が「日本人」としての罪を背負えば背負うほど、オモニへの愛情と感謝の気持ちを増幅させるということである。どちらにしても、森崎にとって、「オモニ」という言葉の響きは、一方においては、幼年期に慣れ親しんだ「オモニの背中のぬくもり」を想起させるものではあるが、他方では、抑圧しようとしてもできるはずのない「日本」、「日本人」という、植民者としての自己の姿を強迫観念的に自覚させるものでもあるのだ。

ところで、「オモニ」への愛情、そして、そこから必然的に浮かび上がってくる植民者としての自己嫌悪を、森崎がより現実的な形で感じ取ったのは、引揚げ後のはじめての帰郷においてであっただろう。一九六八年、森崎は四一歳の時に、韓国の慶州中高校の創立三〇周年記念祝賀会に亡くなった父の代わりに出席するが、彼女にとってこの帰郷は特別な意味を持っていた。一九八四年に出版された、自伝文学と称される『慶州は母の呼び声』の中で、森崎はその時の心境を表しているが、まず、この本のタイトルにおける「母」が「オモニ」を示唆している点は重要である。たとえば、この本の「あとがき」で、森崎は以下のように述べている。

書くまでにかなりの月日を必要としました。書こうと心をきめたのは、ただただ、鬼の子ともいうべき日本人の子らを、人の子ゆえに否定せず守ってくれたオモニへの、ことばにならぬ想いによります。[21]

ここで、森崎が、オモニに対する深い愛情と、何よりも、そこから必然的に生じる凄まじいまでの自己嫌悪の感情を吐露している点を見過ごしてはならない。森崎のオモニへの愛情は、「日本人」としての彼女自身の原罪と表裏一体にあるのだ。

「鬼の子ともいうべき日本人」――この罪の意識は、さらに一九八五年に再び韓国を訪問したときも容赦なく森崎に迫りくる。この一九八五年の韓国訪問については、『こだまひびく山河の中へ』で、その入り組んだ心境を表している。そこでは、まず、韓国が様変わりした点を指摘しており、森崎は韓国の風景の変貌に驚きを隠し切れない。たとえば、彼女はその変貌を次のように記述している。

一九八五年の二月の、とある日、私は韓国の町を元気よく歩いていた。しびれるような心の痛みは、ひそんでいるリューマチのように、まだ出てこない。風は冷たいが早春の大邱《テグ》市の中心街に若者があふれていた。日曜日は歩行者天国になるのだ。楽隊がデパートの前で演奏している。子ども連れや中年の男女も立ちどまる。［……］若者のファッションは日本とちがわない。女の子はパンツが多い。ポシェットをぶらさげている。男の子と手をつないで歩く。チマチョゴリを着た娘をまだ見ていない。[22]

一見、ここで森崎は、一九六八年の帰郷から、韓国が様変わりした様子を記し、それに伴い、彼女の心の痛みも和らげられたかのような書き方をしている。しかし、あの「しびれるような心の痛みは、ひそんでいるリューマチのように、まだ出てこない」だけである。つまり、「日本人」としての原罪意識とその痛みは、まさにリューマチのように突然彼女を襲うのだ。

半島の大地に立てば、北の国境には鴨緑江《アムノクカン》と豆満江《トウマンガン》の大河が流れ、河はそれぞれの神話を持ち、その先に中国大陸があるのだというはるばるした思いが湧いていた。長く太い半島は大陸の気風と、海洋性とを、絶えることなく内部に還流し、島国の感性にはない悠揚迫らぬ感情を育てていた。それはこの半島が半島の特質を古代から生ききっていたからにほかならない。そうした歴史と大地が分断された。分断は陸の離島化を意味してしまう。幼時の私を背負ってくれた女性の体臭が心に浮き上がる。土くさく海くさく、はるばると大陸を感じとらせた若い娘の背中。半島の精神。そのあたたかな息吹きが眠りがたい心にひびく。この半島を侵した植民者二世の四十年後の痛みとなって、鳥が通う大空があおあおとひろがる。[23]

一九四五年、日本は敗戦を経験したが、それは朝鮮民族の解放、すなわち脱植民地化の歴史の始まりであった。しかし、その日本の敗戦は、日本のかつての植民地主義の遺産が完全に清算されたことを意味してはいなかった。日本がポツダム宣言を受けて、無条件降伏をしたが、朝鮮半島は北緯三八度線を境として南北に分断される。北に朝鮮民主主義人民共和国、南には大韓民国が樹立され、ソビエトとアメリカがそれぞれ分割統治していったのである。そして、一九五〇年には朝鮮戦争が勃発する。森崎の心が痛むのは、こうした朝鮮半島の南北分断であり、そして、何よりもその分断の責任が、かつての植民者であった「日本人」にもあるからである。

二度の韓国訪問で、森崎は敗戦後においてもなお、朝鮮半島に残されている、日本の植民地主義の後遺症に衝撃を受けている。森崎は、朝鮮半島が、いまだに日本の植民地主義からの脱植民地化の過程にあるということを実感するのである。そして、そうした中で、「日本人」であるということの罪責感が、森崎の心身を鞭打つのであり、そのとき彼女は、故郷である朝鮮半島に対する複雑な感情を増幅させていくのであった。

おわりに

本章でも触れた、リースの『暗闇の中の航海』や『サルガッソーの広い海』、また特に森崎の『慶州は母の呼び声』は、少女の人生を主題とした、それぞれの作者の自伝的要素の強い文学作品だといわれている。しかし、こうした作品は、まさにリースや森崎の実体験が浸透しているからこそ、たとえば、厳しい困難や試練を経験したヒロインたちがその後の人生において必ず成功するというような単純なプロットに収束することはない。[24]

リースと森崎は、祖国とされるイギリスや日本、さらにはイギリス人や日本人に馴染むことはできなかった。しかし、だからといって、二人が、生まれ育ったドミニカ島や朝鮮、またはドミニカ島の黒人や朝鮮人に対して、何のためらいもなく帰属意識を抱くことは極めて困難であった。故郷での幼年期の乳母の記憶にしても、それは単なる古き良き時代への郷愁として回顧されるようなものではなかった。被植民者である乳母は、リースにとっては、「白人」という支配者の立場を、森崎にとっては、「日本人」という支配者の立場を、反復強迫的に常に意識させるような存在であったのである。リースと森崎が、帰郷という体験を通じて抱いた故郷喪失感も、脱植民地化のプロセスの中で、少なくとも、こうしたトラウマ的な自己意識が伴って生み出されたと考えられる。ともあれ、そうした点を踏まえるならば、リースと森崎が紡ぎ出す、（旧）植民地を舞台とする物語は、植民地主義の支配者という原罪と絶えず向き合った、苦渋に満ちた自己省察から生み出されたものだといえる。こうした作品は、植民地主義の「後腐れ」が生み出した暗澹たる物語の一つなのである。まさにここに、二人の文学における極めて重要な共通点を見出すことができるだろう。

いずれにしても、リースと森崎の物語を、「(旧)植民地で生まれ育った植民者」という観点から比較文学的に考察することは、日本における「ポストコロニアリズム」の研究を深化させるとともに、さらに東アジアという場から「脱植民地主義」に関する新たな問いを欧米に投げ返すことにもなるだろう。そのとき、こうした比較文学的な考察は、イギリスと日本の歴史、文化・社会的な相違点を語るだけでは終わらない、植民地主義の「後腐れ」を巨視的な視野で問い質す、新しい文学研究の始まりとなるに違いない。

＊本章は、立命館大学国際言語文化研究所編集発行の『立命館言語文化研究』二四巻四号二〇一三年三月所収の論文「(旧)植民地で生まれ育った植民者——ジーン・リースと森崎和江——」(一五九—一七〇頁)に加筆修正を施したものである。

注

1　たとえば、引揚者の状況について、浅野豊美は次のように述べている。「〔……〕現在、「引揚者」とされているのは、民間人三四一万人と軍人・軍属三一一万人である。また、一九四五年末の時点で見積もられた民間の在外邦人総数は、三三四万人余であり、その内訳は、朝鮮約七〇万人（北二五万人、南四五万人）、台湾約四〇万人、樺太四〇万人、千島四千人、関東州を含めた満洲約一二三万人、中国本土約四六万六千人、南方約一四万三千人（比島三万二千人、南洋群島五万人、マライ一万七千人、ジャワ一万人など）であった。戦後四年目に執筆された政府の記録でも、当時は、「終戦以来既に四ヵ年半、新憲法の下、日本の現状は少しずつ改善されている」ものの、「六百二千余萬の同胞を祖国に迎え、百二千余萬の人々を日本から送り出し」たばかりであった。その数字はそれ以降の厚生省の記録からみて、ほぼ妥当なものである。」浅野豊美『帝国日本の植民地法制——法域統合と帝国秩序——』、名古屋大学出版会、二〇〇八年、五六八頁。

だが、こうした引揚者たちの声は、真摯に受け止められることはなかった。たとえば、その理由について、朴裕河は次のように分析している。「おそらく、戦後日本において「引揚げ」が、一般に国民の物語になりやすい「受難」の物語でありながらも原爆物語と違って日本人の「公的記憶」にならないままなのは、まずはそれが植民者たちの物語であったことに理由を求めることができるだろう。すなわち「加害者としての日本」を含む物語は、戦前とは異なるはずの「戦後日本」では受けとめられる余地がなかったのである。」朴裕河「おきざりにされた植民地・帝国後体験——「引揚げ文学」論序説」朴裕河『引揚げ文学論序説——新たなポストコロニアルへ——』、人文書院、二〇一六年所収、二四頁。

さらに、ここで植民者二世である西川長夫の議論にも着目しなければならない。いかなる研究であれ、今後、引揚げを議論とする際、西川の次の言葉を念頭に置く必要があるだろう。

引き揚げ者の問題は複雑である。そしてその複雑さは植民地と植民地主義の複雑さに通じている。引き揚げ者は棄民でもあり難民でもあるのだが「引き揚げ者」と命名された瞬間に問題の本質は見えなくなる。「引き揚げ」は彼らの長い生涯のごく短い一時期の様態を示すにすぎないが、引き揚げ者には、それ以前とそれ以後の生涯がある。また一言で「引き揚げ者」と呼ばれる人々は複雑雑多な集団である。「引き揚げ者」と呼ばれる以前の彼らは、入植者とその家族であり、農民や商人であり、会社員や警官や軍人や兵隊であり、帝国主義の尖兵的存在であった。だが他方で彼らは本土から疎外された脱落者であり、新天地を求めて大アジア主義や大東亜共栄圏のイデオロギーをまともに受け入れた人々も少なくはない。引き揚げ者にとって引き揚げ以後とは何であったのだろうか。戦後社会において彼らは迷惑な存在であり、彼らの多くは口を閉ざして彼らの植民地体験を伝えようとはしなかった。闇屋となり、戦犯となり、大臣や大企業家となった者もいるが、何となく敬遠されて取り残された一群があったという印象も強い。だが引き揚げを日本本土への帰国者とのみ考えてはならないだろう。六六〇万の本土への帰国者と同時に一五〇万を超える韓国や中国や台湾その他の旧植民地への引き揚げ者の存在も忘れてはならない。第二次大戦後、日本に限らず世界の各地で人口の大移動があったのである。引き揚げは植民地主義が生み出した難問である。植民地がある限り引き揚げ者の物語がある。引き揚げ者の引き揚げ後は終わったのだろうか。人類史上例を見ない人口の大移動を引き起こしたグローバル化時代には、新たな引き揚げ者たちが生まれているのではないだろうか。私にとって引き揚げ者の物語が終わらない以上、引き揚げ者の物語にこだわり続けたいと思う。」西川長夫「植民地主義と引き揚げ者の問題」西川長夫『植民地主義の時代を生きて』、平凡社、二〇一三年所収、二二〇―二二一頁。

2　今福龍太『クレオール主義』、ちくま学芸文庫、二〇〇三年、二一九―二二〇頁。

3 ジーン・リース『サルガッソーの広い海』、『世界文学全集Ⅱ-01 灯台へ／サルガッソーの広い海』小沢瑞穂訳、河出書房新社、二〇〇九年、三五五頁。ただし、一部改訳した。

4 Jean Rhys, *Smile Please* (London: Penguin Books, 1981), p. 52.

5 ラフカディオ・ハーン『ユーマ』『カリブの女』平川祐弘訳、河出書房新社、一九九九年所収、一五八頁。

6 Rhys, *Smile Please* (London: Penguin Books, 1981), pp. 31-32.

7 たとえば、『サルガッソーの広い海』に関する、西成彦の次の考察は注目に値する。「黒人の乳母の口から聞かされた迷信だらけの世界の呪縛にせよ、もはやかつてのような支配の対象としてではなく、恐怖の対象としておそれられていた解放奴隷の群れにせよ、「一度アフリカナイズされた空想力は、後に公教育を受けてからも、完全に消えることはなかった」というハーンの文句を例証した格好の小説である。」西成彦「語る女の系譜」平川祐弘編『世界の中のラフカディオ・ハーン』、河出書房新社、一九九四年所収、一九三頁。また、西の次の言葉も興味深い。「[……]「失われた時の再発見」は、歴史的に見ても、かならず至福感をもって生きられてきたとは限らず、ジーン・リースの現代性は、幼児期への回帰を「幸福な回復体験」としてではなく、「反復強迫」として描き直した点にある。ハーンにはそこまで見透すだけの懐疑的精神は欠けていたと言えるだろう。」西、前掲論文、一九三頁。

さらに、中村和恵の次の言葉にも着目する必要があるだろう。「リースの創造力はたしかに、プランテーション・アメリカの多くの白人の子供たち同様、黒人の乳母の物語を通して「アフリカ化」されたが、それは彼女を安らかに楽しませるどころか、不安とヒステリアの源となる魑魅魍魎の世界として長く影響を及ぼしたのであった。」中村和恵「黒人の乳母《ダー》——ラフカディオ・ハーンとジーン・リース」、国文学、二〇〇四年十月、一二六頁。

8 Jean Rhys, *Voyage in the Dark* (London: Penguin Books, 2000), p.27.

9 Kenneth Ramchand, "Intorducction to this Novel" in Samuel Selvon, *The Lonely Londoners* (Jamaica: Longman Group Limited, 1956), p. 3. しかし、後に、別の論考において、ラムチャンドは、白人クレオールが黒人に対して抱く恐怖感について言及し考察を深めている。Ramchand, *The West Indian Novel and Its Background* (London: Faber and Faber, 1970), pp. 224–225.

10 Rhys, *Voyage in the Dark*, p. 62.

11 Rhys, *Smile Please*, pp. 37–38.

12 キャロル・アンジアは、一九三〇年代の初めにもジェネヴァの屋敷は燃やされたと説明している。Carole Angier, *Jean Rhys* (London: Little, Brown and Company, 1990), p. 357.

13 しかし、引揚者の世代間の違いにも着眼しなければならない。たとえば、一九七〇年代に日中国交正常化の気運が高まる中で述べた、本田の次の言葉は傾聴に値する。「中国の路線変更で、日本の罪はもう許されたかのような雰囲気が広がっている。この国の人たちは、日本が中国で何をしたかを、具体的には知らない。われわれの父母にあたる引揚者一世の多くは、現にそこに身を置きながら、懐かしさでしか過去を語ろうとしない。日本を出たことのない人たちを、その意味では責められないのかも知れない。だが、日本人はあまりにも知らなさすぎる。われわれは、日本が何をしたかを、幼いながらに見た。」本田靖春「日本の〝カミュ〟たち——「引揚げ体験」から作家たちは生れた」『諸君！』十一巻七号、文藝春秋、一九七九年七月号所収、二二四頁。

　また、ここで、引揚者が、被害者なの加害者なのかという、難問を突き付けられることになるだろう。この点については、拙論において、西川長夫の述べた言葉——「引き揚げ者の問題は複雑である。そしてその複雑さは植民地と植民地主義の複雑さに通じている」——に応答し、次のように言及したことがある。「西川長夫は、植民者二世としての自身の経験をふりかえり、「引き揚げ者の問題は複雑である。そしてその複雑さは植民地と植民地主義の複雑さに通じている［……］と述べました。引揚者の入り組んだ問題は、植民地主義を二項対立的な枠組みとは異なる奥ゆきをもって理解するうえで重要だといえます。しかしながら、引揚者の問題が、一国史という枠組みで理解されようとするとき、植民地主義の複雑な力学は、国家・国民単位での被害・加害の枠組みにおいて単純化されてしまいます。現在、必要とされるのは、一国史のイデオロギーに抗いつつ、「日本人」の被害・加害関係ではわりきれない引揚者の歴史経験に注意深く向き合う姿勢ではないでしょうか。」杉浦清文「引揚者たちのわりきれない歴史——植民地主義の複雑さに向きあう」西川長夫、大野光明、番匠健一編著『戦後史再考——「歴史の裂け目」をとらえる』、平凡社、二〇一四年所収、九九頁。

14 本田、前掲論文、二〇七頁。

15 本田、前掲論文、一九九頁。

16 本田、前掲論文、一九九頁。

17 もちろん、すべての引揚者たちが、こうした原罪意識を持っていたわけではない。たとえば、高崎宗司は「元在朝日本人」に着目し、次のように述べている。「元在朝日本人の朝鮮時代への対し方には、大きく分けて三つのタイプがあるようである。第一のタイプは、自分たちの行動は立派なものだったとするものである。第二のタイプは、無邪気に朝鮮時代を懐かしむものである。そして第三のタイプは、自己批判しているものである。」高崎宗司『植民地朝鮮の日本人』、岩波新書、二〇〇二年、二〇一頁。

ちなみに、高崎は、そこで、「第三のタイプ」の代表的な引揚者として、村松武司、小林勝、森崎和江の名前をあげている。とりわけ、森崎については、本章でも扱う、彼女の作品『慶州は母の呼び声』に関心を寄せながら、次のように説明している。「村松・小林と並んで、よく取りあげられるのは、朝鮮で生まれ、女学校に通った森崎和江である。森崎は、「[総督府の資料を読みながら] 涙がにじんでくるのに耐えた。

わたしたちの生活が、そのまま侵略なのであった。朝鮮にいたときは万歳事件［三・一運動］も知らなかった」「敗戦以来ずっと、いつの日かは［韓国を］訪問するにふさわしい日本人になっていたいと、そのことのために生きた」と書いている。」高橋、前掲書、二〇五頁。しかし、こうした「元在朝日本人」の明確なタイプ分けは、時には引揚者のわりきれない複雑な立場を理解する上で弊害になることもあるだろう。

18　森崎和江「朝鮮断章・1——わたしのかお——」森崎和江『ははのくにとの幻想婚』、現代思潮社、一九七〇年所収、二一二—二一三頁。

19　森崎和江「朝鮮断章・2——土堀——」森崎和江『ははのくにとの幻想婚』、現代思潮社、一九七〇年所収、二二七—二二八頁。

20　たとえば、森崎は次のように述べている。「オモニの生活内容を知らず、そのことばも知らず、しかもそのかおりを知り、肌ざわりを知り、髪の毛を唇でなめ、負ぶってもらい、やきいもを買ってもらい、ねむらせてもらった。昔話をしてもらった。」森崎和江「朝鮮断章・1——わたしのかお——」、二一四頁。

　さらにまた、次の森崎の言葉から、彼女自身の心身がオモニによって、いかに朝鮮化されたかが理解できるだろう——「たとえば私が絵本を読む。すると農夫のもとへ鶴がたずねておよめさんになる絵がかいてある。私はその絵本をみながら、白衣にチゲをかついで行く朝鮮人の若者を連想し、文金高島田のおよめさんを連想するのである。自然にそうなっている。そうでないと物語のこころが読めないのだ。」森崎、「朝鮮断章・1——わたしのかお——」、二一八—二一九頁。

21　森崎和江『慶州は母の呼び声——わが原郷』、洋泉社、二〇〇六年、二四三頁。

22　森崎和江『こだまひびく山河の中へ——韓国紀行八五年春』、朝日新聞社、一九八六年、八頁。

23　森崎、『こだまひびく山河の中へ——韓国紀行八五年春』、四一頁。

24　今日では、「ポストコロニアル教養小説（Postcolonial *Bildungsromane*）」という言葉も散見されるようになってきた。たとえば、ジョゼフ・R・スローターはそれを次のように説明している。「一人称で語られる、現在のポストコロニアル教養小説は、幻滅感を漂わせる傾向にある。そこでは、自己成長の物語／開発主義 (developmentalism) や自己決定／民族自決 (self-determination) において約束されるはずのものが、空虚で、少なくとも誇張である点が暴露されているのである。だから、自己形成 (*Bildung*) というものが、自己啓発の限界を認識する過程となり、また自己形成自体の観念やその企図が、社会歴史的に見て、確定できない状況に置かれているということを認識する過程ともなるのだ。」Joseph R. Slaughter, *Human Rights, Inc.: The World Novel, Narrative Form, and International Law* (New York: Fordham University Press, 2007), pp. 215–216.

しかしながら、西洋の文学を研究する、とりわけ「日本人」と位置付けられる者たちは、こうした新しい概念に即座に飛びつく前に、「ポストコロニアル」な問題系を、東アジアの「脱植民地にかかわる」問題系へと接続する（その逆もしかり）方法を慎重に考えていく必要があるだろう。また、第四章でも警鐘を鳴らしたように、こうした（旧）植民地を舞台にした作品を「教養小説」として単純に関連付けること自体の暴力性についても改めて考えていかなければならない。

引用文献

Angier, Carole, *Jean Rhys* (Harmondsworth: Penguin Books, 1985).

Ramchand, Kenneth, "Introduction to this Novel" in Samuel Selvon, *The Lonely Londoners* (Jamaica: Longman Group Limited, 1956) 3–21.

—— *The West Indian Novel and Its Background* (London: Faber and Faber, 1970).

Rhys, Jean, *Smile Please* (London: Penguin Books, 1981).

——*Voyage in the Dark* (London: Penguin Books, 2000).

Slaughter, Joseph R., *Human Rights, Inc: The World Novel, Narrative Form, and International Law* (New York: Fordham University Press, 2007).

浅野豊美『帝国日本の植民地法制——法域統合と帝国秩序——』、名古屋大学出版会、二〇〇八年。

今福龍太『クレオール主義』、ちくま学芸文庫、二〇〇三年。

杉浦清文「引揚者たちのわりきれない歴史——植民地主義の複雑さに向きあう」西川長夫、大野光明、番匠健一編著『戦後史再考——「歴史の裂け目」をとらえる』、平凡社、二〇一四年所収、八四—九九。

高崎宗司『植民地朝鮮の日本人』、岩波新書、二〇〇二年。

中村和恵「黒人の乳母《ダー》——ラフカディオ・ハーンとジーン・リース」、『国文学』、二〇〇四年十月、一一七—一二八。

西川長夫『植民地主義の時代を生きて』、平凡社、二〇一三年。

西成彦「語る女の系譜」平川祐弘編『世界の中のラフカディオ・ハーン』、河出書房新社、一九九四年所収、一六一—一九九。

ハーン、ラフカディオ『ユーマ』『カリブの女』平川祐弘訳、河出書房新社、一九九九年所収、一三五—二六三。

朴裕河『引揚げ文学論序説——新たなポストコロニアルへ——』、人文書院、二〇一六年。

本田靖春「日本の〝カミュ〟たち——「引揚げ体験」から作家たちは生れた」、『諸君！』十一巻七号、文藝春秋、一九七九年七月号所収、一九八—二二五。

森崎和江『ははのくにとの幻想婚』、現代思潮社、一九七〇年。

——『こだまひびく山河の中へ——韓国紀行八五年春』、朝日新聞社、一九八六年。

——『慶州は母の呼び声——わが原郷』、洋泉社、二〇〇六年。

リース，ジーン『サルガッソーの広い海』小沢瑞穂訳、『世界文学全集Ⅱ—〇一　灯台へ／サルガッソーの広い海』、河出書房新社、二〇〇九年所収、二六九—四四一。

後書き

武井　暁子

本書は、中京大学文化科学研究所の近現代ヨーロッパ文学研究グループのプロジェクトが起点になっている。プロジェクト発案から研究書刊行に至るまで、著者三名は頻繁に会合を持ち、成果を話し合い、フィードバックを受けながら、執筆に取り組んできた。本書刊行までの様々なステージで改めて思い到ったのが、教養小説の地域、時代を超越する普遍性である。十九世紀初めにドイツで主流となった教養小説が文学ジャンルとして定着し、ヨーロッパ他国へ、そして本書タイトルの通り、海を渡り、世界に広がるダイナミクスを本書が読者諸氏に伝える一助となれば、著者一同望外の喜びである。

教養小説成立の背景は序章で論じられている通り、近代化により、市民が経済力を蓄え、新たな階層を形成し、社会が流動化し、個人の自由意思による決定が可能になったからこそ、生まれたジャンルである。この点について、例えば、フランコ・モレッティは、近代ヨーロッパ人のメンタリティの特徴は、二世紀にわたり、個人個人が自分の行動規範と幸福観を選択し、自由に考え、自分の運命を切り開く権利を認識してきたことだ、と述べる（一五）。トマス・ジェファーズは、ビルドゥングスロマンは民主主義革命以前には書くことが不可能だったフィクションである、と定義する（五一）。

ヨーロッパの中では近代化が遅れて始まったドイツで教養小説が誕生した理由について、池田浩士は、ドイツでは後進性のため、ブルジョア革命の理想だった啓蒙主義は社会改革によって普遍化せず、人間の自己解放の理想や個性的人格の確立は個人個人の自己形成にゆだねられ、教養小説は、近代化を個人の内面意識の問題として引き受けざるを得なかった人間の唯一の自己表現である、と言う（一五一）。イギリスでは、十八世紀後半から産業革命が進展し、世界で最も早く近代化が進んだため、『ウィルヘルム・マイスター』（一七九五―一八二九）から遅れること約半世紀、『デイヴィッド・コパフィールド』（一八四九―五〇）以降、いわば輸入の形で、教養小説、もしくは類似の小説が本格的に書かれるようになった。ジェローム・ハミルトン・バックリーは Bildungsroman という用語をそのままイギリス文学に応用することは不自然だと言い、より適切かつ代替可能な語として、若者の小説 (the novel of youth)、教育の小説 (the novel of education)、イニシエーションの小説 (the novel of initiation) などを挙げる（vii―viii）。

次に、海を越えて、ヨーロッパの外に目を向けてみよう。まず、明治以前の封建的な日本では、個人が独自の規範を持ち、自由に考え、幸福になる権利がある、という思想が存在するはずもなく、ヨーロッパと同一、もしくは類似の教養小説が生まれる文化風土はなかった。例えば、『忠臣蔵』の忠義とは旧主のために自分の生命と家族を犠牲にすることである。近松の心中物では、自己の欲望を最優先させる者の末路は死である。植民地となった西インド諸島、独裁政権下のハイチ、日本の支配下に置かれた韓国などでも、個人の自由意思が制限される。さらに、植民地から本国へ帰還後は、植民地帰りの人間への無理解や偏見などがあり、本国もまた敵対的な環境となる。そのような中での自己形成は非植民地にはない困難さを伴う。

このように、教養小説は地域や時代を反映しながら変容していくが、ほぼ共通するプロットは、主人公が若年者であり、十代の場合は、不可抗力の理由で世に出ざるを得ない状況に追い込まれることである。例えば、『デイヴィッド・コパフィールド』では、主人公は母親の死後、継父からロンドンの靴墨工場で働くよう申し渡され、生家を出ざるを得なくなる。山本有三『路傍の石』（一九三七—四〇）もまた、父親の行方不明と母親の死により、主人公は故郷に居場所を無くし、上京する。一方、主人公が青年の場合は、進学などの形で世に出ることは自発的かつ穏便に行われる。このパターンは、二章で論じた『三四郎』（一九〇八）の他、尾崎士郎『人生劇場』（一九三三—六二）、井上靖『夏草冬濤』（一九六四—六五）、『北の海』（一九六八—六九）、五木寛之『青春の門』（一九六九—）に見られる。

最近の日本では、例えば、序章で取り上げられている西加奈子『サラバ！』（二〇一四）は、三〇歳を過ぎた主人公の自分探しの旅が主題である。要領がよく、周囲に同調することに長けた「イケメン」の主人公、真面目なサラリーマンの父親、美人でマイペースな母親、集団生活不適合者の姉、海外駐在体験、両親の離婚、青年というには薹が経った主人公の自立などの設定はリアリティがあり、現代日本の等身大の勤労者家庭の諸相が投影された教養小説と言える。また、相当数のライトノベル、漫画、アニメ作品を教養小説的作品と読むことが可能だ。フィクションが程度の差はあれ、日常生活からの脱却と精神的成長を描くものと仮定すれば、必然的に教養小説的要素を持つからだ。だが、『人生劇場』、『青春の門』に代表される人気作家のロングセラーを除くと、様々な体験を経ての自我の確立や自己形成という教養小説の根本的なテーマを正面きって扱う文学作品は過去のものとなった感がある。理由を特定するのは難しいが、慢性的な出版不況、読者の活字離れと多忙による長編の敬遠、核家族化と少子化により家庭が快適な空間になり、若者が家を出なくなったこと、親も子供が家に留まることを歓迎する傾向が強くなったこと、モラトリアムや引きこもりなどの成人が自立しない状況に対し、理解が広まったことなどが背景として考えられる。

文学作品では、敵対的な社会が課す試練を経ての若者の成長が素材になりにくい一方、漫画、アニメ、映画などのサブカルチャーのほうが教養小説的要素をより直截に描いている。その一例として、美内すずえ『ガラスの仮面』（一九七六―）を取り上げてみたい。連載開始後四〇年以上経過し、未完のこの作品は日本の漫画史上、空前のロングセラーである。コミックス第一巻『千の仮面を持つ少女』のタイトルが示す通り、役の本質を瞬時に掴み、役になりきる才能を持った主人公北島マヤが逆境を乗り越えながら、女優になり、商業演劇での成功を目指す。連載開始時にマヤは十三才、中学一年で、二〇一二年十月発売のコミックス最新刊四九巻では二〇才を超えたくらいという設定である。

マヤの生い立ちと女優になり、名作『紅天女』主演を志すまでを見ると、師との出会い、家族との訣別、稽古やオーディションを経て、マヤの演技の才能が開花していくプロセスが無理なく描かれている。マヤは母親から「何の取りえもない子」と叱責されて育ち（父親は他界している）、勉強は苦手、スポーツも駄目で、家庭や学校は楽しい場所ではない。マヤの唯一の楽しみはテレビドラマを見ることで、近所の子供相手にドラマの登場人物の真似をしているところを往年の名女優月影千草に見出され、家出して、月影の劇団で演技を一から学ぶ。学校祭から始まり、劇団発表会、全国演劇コンクール、映画や商業演劇の端役、舞台やテレビドラマのメインキャストや主役へと、マヤの女優としての成長に合わせ、活躍の場はグレードアップする。それと同時に、周囲の嫉妬、月影の劇団の解散、生活苦、母親の死、スキャンダル、芸能界追放、失恋などの困難が次々とふりかかる。

『ガラスの仮面』の長年の人気の理由は、随所に散りばめられる演劇論や人生論であろう。この作品では、演じることは自己を消し去り、役になり切ることである。そのため、人形を演じるために、物干し竿で体を固定する、ヘレン・ケラーを演じるために暗い部屋で目隠しをし、音を遮断した生活をするなど、しごきすれすれの訓練により、体で覚える場面が続出する。だが、そこまでの努力を重ねても、役に完璧になり切ることは至難の業である。「わたし達はガラスのようにもろくてこわれやすい仮面をかぶって演技しているんだ。どんなにみごとにその役になりきってすばらしい演技をしているつもりでもどうかすればすぐにこわれて素顔がのぞく。なんてあぶなっかしいんだろう……このガラスの仮面をかぶりつづけられるかどうかで役者の才能が決まる……そんな気がする……」(第九巻)とある通り、「ガラスの仮面」とは演者の舞台上での緊張や絶え間ない努力をすべて網羅した言葉である。そして、月影は、自己評価が低く、劣等感に囚われがちなマヤに「才能とは自分を信じること」(第一巻)、「生きがいがあるということは、生きることの価値を自分でみいだすこと」(第八巻)等、自分の最大の理解者は自分自身であり、人生を有益にするのも無益にするのもすべて自分次第であることを説く。

『ガラスの仮面』最新刊の第四九巻では、マヤとライバル姫川亜弓の紅天女の役作り、マヤと陰の支援者速水真澄の気持ちがようやく通じ合うところまで話が進んだが、マヤの相手役の負傷、亜弓の失明危機、速水と財閥令嬢の婚約破棄など、波乱含みであり、容易に収束しそうにない。二〇一四年五月十四日に行われた舞台版『ガラスの仮面』制作発表会見で、美内すずえは、結末は二〇年前くらいに出来上がっている、最終ページの構成とセリフも出来上がっていて、コミックス第五

○巻も頑張って書く、と語ったが、未だにコミックス発売の気配はなく、雑誌連載はストップしたままである。池田浩士は、『ウィルヘルム・マイスター』以降、教養小説において、主人公の自己形成に究極の到達点が与えられないまま作品が未完のまま終わるか、連作形式を取りながら結末を迎えない作品群が繰り返し生まれたことを指摘する（一七三）。『ガラスの仮面』もこの流れを受け継いで、マヤがどのように紅天女役を勝ち取り、舞台で成功し、女優として大成するのか、作者も決めかねているようだ。マヤの演劇道は紅天女を目指す過程での様々な戦いの中で形成されるものであり、紅天女を演じ、喝采を浴びた途端マヤの物語は終わるからだ。連載開始から五〇年以内には何らかの結末を迎えてほしいが、この作品の教養小説的側面を考えると、未完のまま終わりを迎える可能性が高い。人間の成長と自己形成は直線的に決まった方向に進まず、不規則にジグザグ線を描き、人生の終わりに収束するものなのだろう。教養小説は不完全な人間が成長と自己形成を完了するのは不可能だということを立証するテクスト、と考え直すほうがよいのかもしれない。

最後に、研究プロジェクト進行と本書刊行に際し、財政支援を与えて下さった中京大学文化科学研究所、及び文学研究書出版事情が厳しい中、出版を引き受けて下さった音羽書房鶴見書店山口隆史氏に心から感謝し、御礼を申し上げたい。

二〇一七年十一月二〇日

参照文献

Buckley, Jerome Hamilton. *Season of Youth: The Bildungsroman from Dickens to Golding*. Cambridge, MA: Harvard UP, 1974.

Jeffers,Thomas L. *Apprenticeships: The Bildungsroman from Geothe to Santayana*. New York: Palgrave Macmillan, 2005.

Moretti, Franco. *The Way of the World: The Bildungsroman in European Culture*. London: Verso, 1987.

池田浩士『教養小説の崩壊』，現代書館，一九七六年．

西加奈子『サラバ！』，小学館，二〇一四年．全二巻．

美内すずえ『ガラスの仮面』，白泉社，一九七六―二〇一二年．全四九巻．

ヨーロッパ

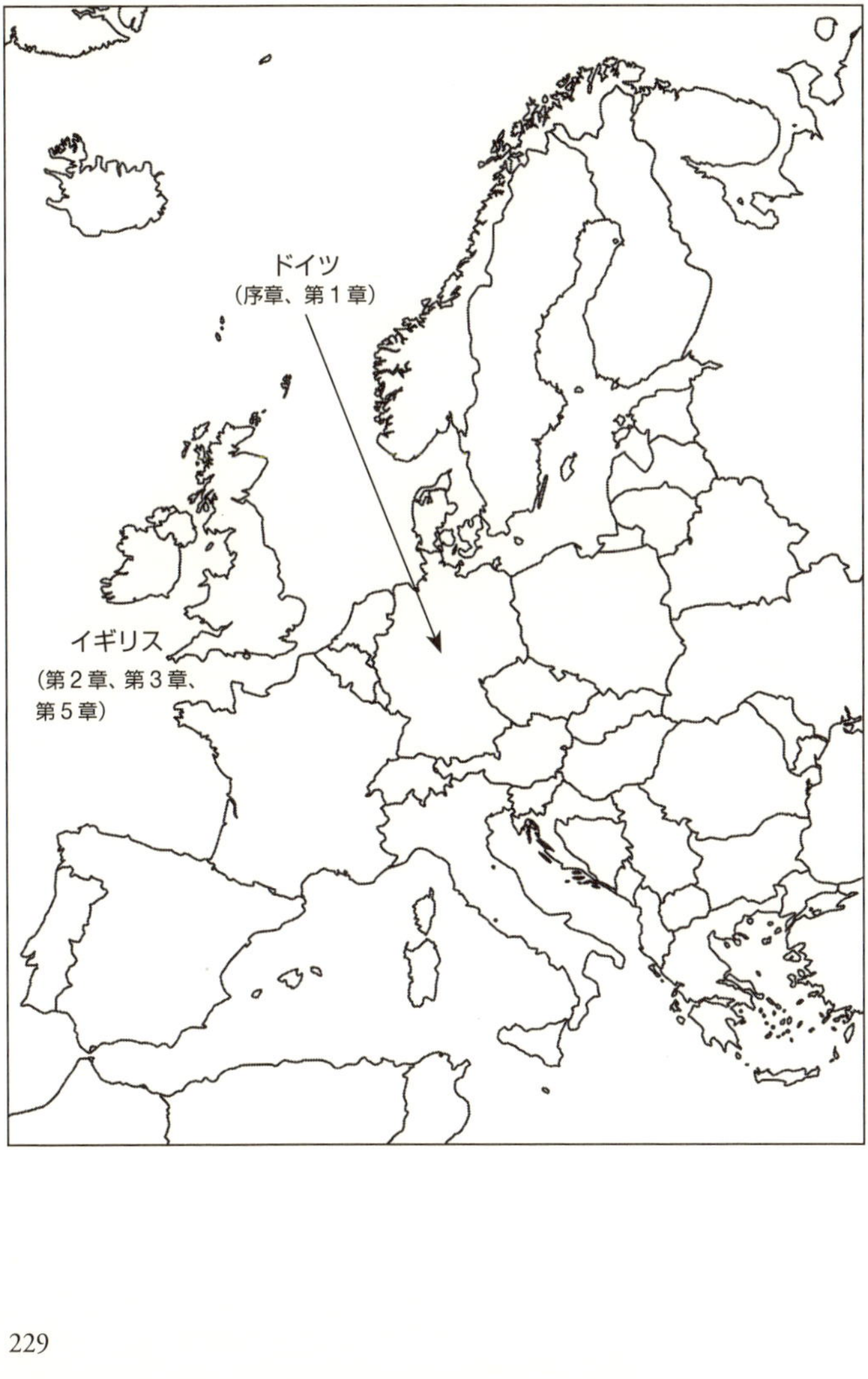

アジア

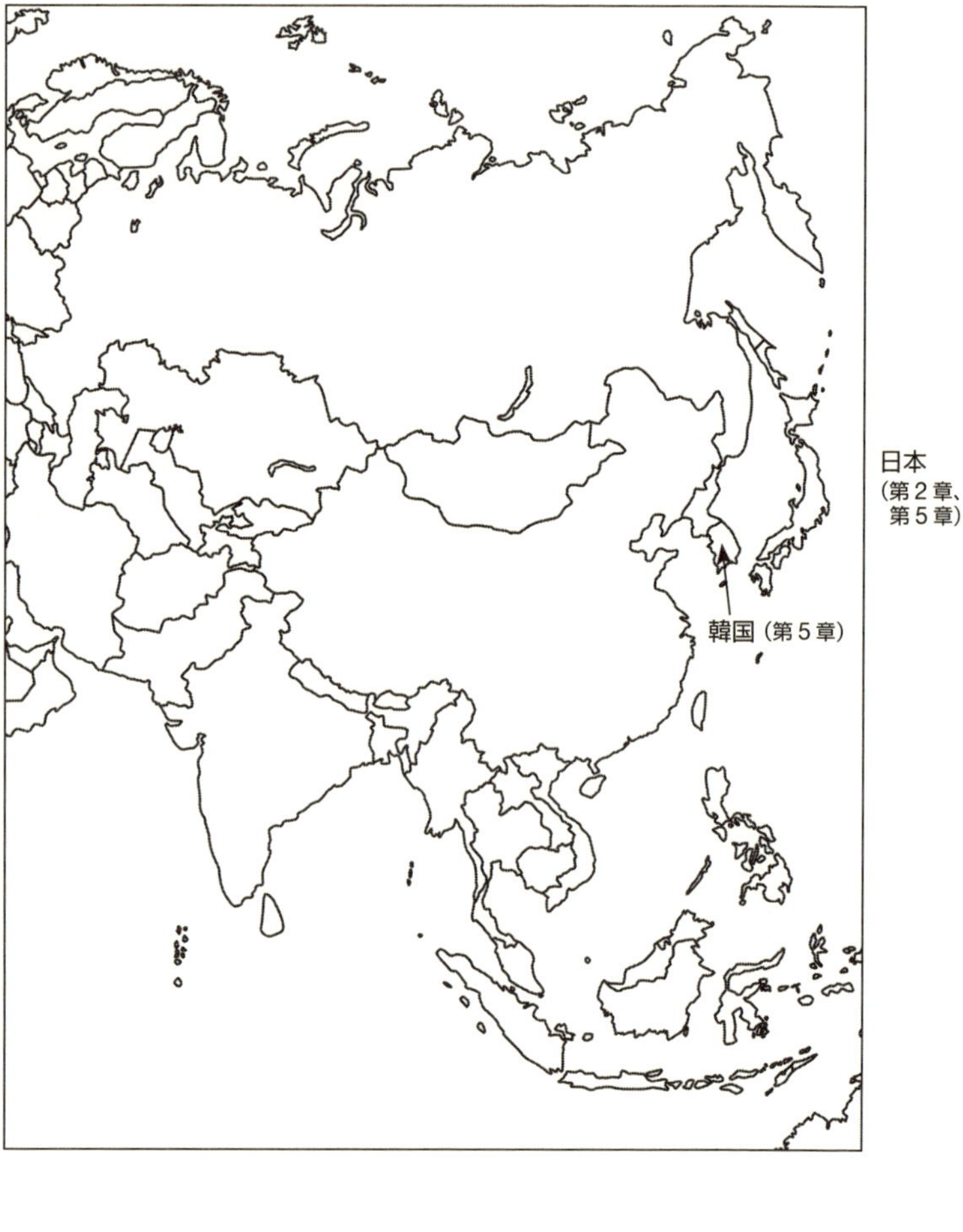

北アメリカ

カリブ海

	せよ』 マキューアン『ソーラー』	南ア、サッカーワールドカップ開催 根岸英一、鈴木章ノーベル化学賞受賞	日露首脳会談 日仏首脳会談 アラブの春 (-12) キャメロン、英第 75 代首相就任 (-16)
2011	西加奈子『円卓』 西村賢太『苦役列車』	中国 GDP、日本を抜き世界 2 位 東日本大震災 福島第一原発事故 イギリス暴動 ウォール・ストリート占拠	ビン・ラディン殺害 ラ米・カリブ諸国共同体設立 APEC 首脳会議
2012		ロンドンオリンピック Win8 発売 山中伸弥、ノーベル生理学・医学賞受賞	エリザベス二世即位 60 周年 プーチン、露第 4 代大統領就任 安倍晋三、第 96 代首相就任 (-14)
2014	西加奈子『サラバ!』 U・ハーン『時代の戯れ』 朝日新聞、漱石作品復刻連載 (-17)	9.11 博物館開館 西アフリカでエボラ熱流行 赤崎勇、天野浩、中村修二、ノーベル物理学賞受賞 インドネシア・エアアジア 8501 便墜落	オバマケア保険適用開始 ウクライナ騒乱 クリミア危機 米、ISIL 空爆 スコットランド独立、住民投票で否決 安倍晋三再選
2015	イシグロ『忘れられた巨人』	ユーラシア経済連合設立 Win10 発売 梶田隆章、ノーベル物理学賞受賞 大村智、ノーベル生理学・医学賞受賞 パリ同時多発テロ 『我が闘争』著作権失効	米最高裁、全州で同性婚合法化 一人っ子政策廃止 (中)
2016	ローリング『ハリー・ポッターと呪いの子』 『定石漱石全集』刊行開始	ベルギー連続テロ 熊本地震 ニーストラックテロ パナマ文書公開 大隅良典、ノーベル生理学・医学賞受賞	オバマ、広島訪問 英 EU 離脱、国民投票で過半数獲得 メイ、英第 76 代首相就任 今上天皇、生前退位に言及
2017	トールキン『ベランとルシアン物語』 U・ハーン『私たちは期待されている』 村上春樹『騎士団長殺し』 イシグロ、ノーベル文学賞受賞	サンクトペテルブルク地下鉄爆破テロ マンチェスター・アリーナ爆発物事件 ロンドンブリッジテロ グレンフェル・タワー火災	トランプ、米第 45 代大統領就任 森友学園問題 エリザベス二世即位 65 周年 加計学園問題 安倍晋三三選

（編集　武井暁子）

	大江健三郎『取り替え子』 ケアリ『ケリー・ギャングの真実の歴史』 時雨沢恵一『キノの旅』(-) ローリング『ハリー・ポッターと炎のゴブレット』	ハノーヴァー万国博覧会 ウッズ、全英オープン優勝 白川英樹、ノーベル化学賞受賞	(-08)
2001	ナイポール『人生の半ば』、ノーベル文学賞受賞 U・ハーン『隠された言葉』 マキューアン『贖罪』	ウィキペディア開始 えひめ丸事故 東京ディズニーシー開園 9.11 同時多発テロ 野依良治、ノーベル化学賞受賞	ジョージ・W・ブッシュ、米第43代大統領就任 (-09) 情報公開法（日） 小泉純一郎、第87代首相就任 (-06) アフガニスタン紛争
2002	ダンティカ『アフター・ザ・ダンス』 ハントケ『イメージの喪失』 村上春樹『海辺のカフカ』	EU12ヶ国、ユーロに通貨統一 日韓、サッカーワールドカップ共同開催 小柴昌俊、ノーベル物理学賞受賞 田中耕一、ノーベル化学賞受賞	アフリカ連合設立 地球サミット 2002 北朝鮮に拉致された日本人5人帰国
2003	ローリング『ハリー・ポッターと不死鳥の騎士団』	コロンビア号事故 『千と千尋の神隠し』、アカデミー賞長編アニメ映画賞受賞 新幹線品川駅開業	イラク戦争 (-11) 国立大学法人法 無形文化遺産保護条約署名 イラク日本人外交官射殺 米軍、フセイン拘束
2005	イシグロ『私を離さないで』 マキューアン『土曜日』 ローリング『ハリー・ポッターと謎のプリンス』	中部国際空港開港 ロンドン同時多発テロ 香港ディズニーランド開園	北京で反日デモ メルケル、独連邦第5代首相就任
2007	伊藤比呂美『とげ抜き新巣鴨地蔵縁起』 ローリング『ハリー・ポッターと死の秘宝』	i Phone 初代モデル発表 WinVista 発売 Google、携帯電話専用検索エンジン提供開始	EU加盟国、27になる 英下院、貴族院への直接選挙制導入案可決 日中ハイレベル経済対話 ブラウン、英第74代首相就任 (-10) 反プーチンデモ リスボン条約 (EU関連)
2008	ハントケ『モラヴィアン・ナイト』	イージス艦衝突事故 四川大地震 リーマン・ショック 南部陽一郎、ノーベル物理学賞受賞 益川敏英・小林誠、ノーベル物理学賞受賞 下村脩、ノーベル化学賞受賞	チベット騒乱 メドヴェージェフ、露第3代大統領就任 (-12) オスロ条約（クラスター爆弾製造、保持、使用全面禁止） 第1回ラ米・カリブ首脳会議
2009	U・ハーン『出発』 ミュラー『息のブランコ』、ノーベル文学賞受賞 村上春樹『1Q84』(-10)	米、ESTA 導入 世界経済フォーラム マイケル・ジャクソン死去 Win 7発売	オバマ、米第44代大統領就任 (-17) 連合王国最高裁判所設立 ASEAN 地域フォーラム閣僚会議
2010	ダンティカ『危険を冒して創作	ハイチ地震	第1回核安全サミット

1990	小川洋子『妊娠カレンダー』 バイアット『抱擁』 マキューアン『イノセント』	ローリング・ストーンズ来日 黒澤明、アカデミー特別賞受賞 WHO、病気の一覧から同性愛削除 スーパーファミコン発売	ゴルバチョフ、ソ連初代大統領就任 (-91) ロンドン人頭税デモ ブッシュ、ゴルバチョフ、化学兵器廃棄条約署名 湾岸戦争 (-91) 独再統一 メージャー、英第 72 代首相就任 (-97)
1993	ウェルシュ『トレインスポッティング』 遠藤周作『深い河』 セート『婿選び』	オードリー・ヘップバーン死去 世界貿易センター爆破事件 法隆寺、姫路城、屋久島、白神山地、世界遺産登録	ブッシュ、エリツィン、第二次戦略兵器削減条約調印 クリントン、米第 42 代大統領就任 (-2001) EU 設立
1994	ダンティカ『息吹、まなざし、記憶』 ナイポール『世の習い』 ハントケ『だれもいない入り江での一年』 ミュラー『心獣』 村上春樹『ねじまき鳥クロニクル』(-95) 村上龍『ピアッシング』 大江健三郎、ノーベル文学賞受賞	英仏海峡トンネル開通 関西国際空港開港 ユーロスター開業	マンデラ、南ア初代大統領就任 (-99) 南ア、英連邦復帰 反カストロデモ パラオ独立 第一次チェチェン紛争 (-96)
1995	イシグロ『充たされざる者』 ミュラー『飢餓とシルク』 ラシュディ『ムーア人の最後のため息』	WTO 設立 阪神淡路大震災 地下鉄サリン事件 Win95 発売	女性のためのアジア平和国民基金設立
1996	ダンティカ『クリック？クラック！』 フィールディング『ブリジット・ジョーンズの日記』	羽生善治 7 冠達成 ペルー日本大使館占拠	包括的核実験禁止条約採択
1997	ケアリ『ジャック・マッグズ』 ローリング『ハリー・ポッターと賢者の石』	ウッズ、マスターズ優勝 アジア通貨危機 ダイアナ元皇太子妃死去 日本、サッカーワールドカップ初出場決定	ブレア、英第 73 代首相就任 (-2007) 英、香港返還 対人地雷全面禁止条約採択 アムステルダム条約 (EU 関連) 京都議定書採択
1998	カニンガム『めぐりあう時間たち』 マキューアン『アムステルダム』 ローリング『ハリー・ポッターと秘密の部屋』	長野オリンピック Win98 発売 Google 設立 BBC、地デジ放送開始 エルニーニョ現象	金大中、韓国第 15 代大統領就任 (-2003) 日韓共同宣言 シュレーダー、独連邦第 7 代首相就任 (-2005)
1999	ローリング『ハリー・ポッターとアズカバンの囚人』 グラス、ノーベル文学賞受賞	ユーロ登場 全日空 61 便ハイジャック	NATO 軍、ユーゴ空爆 第二次チェチェン紛争 (-2009) オーストラリア共和制移行、国民投票で否決 ポルトガル、マカオ返還
2000	イシグロ『わたしたちが孤児だったころ』	Win2000 発売 PS2 発売	反グローバリゼーションデモ プーチン、露第 2 代大統領就任

		日本赤軍ドバイ日航機ハイジャック オイルショック 江崎玲於奈、ノーベル物理学賞受賞 白泉社設立	第四次中東戦争
1974	ライマン『フランツィスカ・リンカーハント』	ソルジェニーツィン追放 小野田寛郎陸軍少尉帰還 『花とゆめ』創刊 セブン・イレブン第1号店開店	フォード、米第38代大統領就任 (-77) 国連人口会議 シュミット、独連邦第5代首相就任 (-82)
1976	美内すずえ『ガラスの仮面』(-) 村上龍『限りなく透明に近いブルー』	アップル設立 エボラウィルス発見 F1日本GP	ロッキード事件発覚 四五天安門事件 ベトナム社会主義共和国成立 ミグ25事件
1979	エンデ『ネヴァー・エンディング・ストーリー』 ナイポール『暗い河』 村上春樹『風の歌を聴け』 リース『お願い、笑って』	国公立大学共通一次試験導入 スリーマイル島原発事故 第1回東京国際女子マラソン	サッチャー、英第71代首相就任 (-90) 元号法 イランアメリカ大使館人質事件 アフガニスタン紛争 (-89)
1981	あだち充『タッチ』(-86) ラシュディ『真夜中の子供たち』	チャールズ皇太子、ダイアナ・スペンサー結婚 (-96) ヨハネ・パウロ二世来日 福井謙一、ノーベル化学賞受賞	アンティーガ島、バーブーダ島、レドンダ島、アンティーガ・バーブーダとして独立 レーガン、米第40代大統領就任 (-89)
1982	イシグロ『女たちの遠い夏』 グリーン『キホーテ氏』 ミュラー『澱み』(84未検閲版) 村上春樹『羊をめぐる冒険』	CD、CDプレーヤー発売	フォークランド戦争 コール、独連邦第6代首相就任 (-98)
1984	ブルックナー『秋のホテル』 ミュラー『抑圧のタンゴ』 森崎和江『慶州は母の呼び声』	アップル、Mac発売 ディスカバリー打ち上げ ロンドン漱石博物館開館 (-2016)	チェルネンコ、ソ連第7代最高責任者就任 (-85) インディラ・ガンディー暗殺
1986	ハントケ『反復』 森崎和江『こだまひびく山河の中へ』	チャレンジャー爆発 チェルノブイリ原発事故 アークヒルズ完成	単一欧州議定書 米ソ首脳会談
1987	ナイポール『到着の謎』 マキューアン『時間のなかの子供』 ミュラー『裸足の二月』 村上春樹『ノルウェイの森』	国鉄民営化 (JR) 世界人口、50億突破 ブラック・マンデー 利根川進、ノーベル生理学・医学賞受賞	ヘス自殺 中距離核戦力全廃条約
1989	イシグロ『日の名残り』 タン『ジョイ・ラック・クラブ』	エクスンバルディーズ号事故 消費税導入 (日) ゲームボーイ発売	今上天皇即位 ジョージ・H・W・ブッシュ、米第41代大統領就任 (-93) 六四天安門事件 東独社会主義統一党独裁終焉 マルタ会談 東欧諸国で共産党政権崩壊

	ンジ』		独立 キューバ危機
1964	井上靖『夏草冬濤』(-65) 大江健三郎『個人的な体験』 ナイポール『インド―闇の領域』	日本人の海外観光渡航自由化 日、OECD 加盟 ホテルニューオータニ、東京プリンスホテル開業 東京モノレール、東海道新幹線開業 東京オリンピック	ライシャワー事件 PLO 設立 マルタ、マラウイ、ザンビア独立 ブレジネフ、ソ連第 5 代最高指導者就任 (-82) 公明党発足
1966	遠藤周作『沈黙』 グリーン『喜劇役者』 三島由紀夫『奔馬』 リース『サルガッソーの広い海』	全日空羽田沖墜落事故 日本総人口、1 億突破 国際投資紛争解決センター (ICSID) 設立 ビートルズ来日 国立劇場開場	文化大革命 (-76) バルバドス、ボツワナ独立
1968	井上靖『北の海』(-69) ヴォルフ『クリスタ・T の追想』 北杜夫『どくとるマンボウ青春記』 三島由紀夫『暁の寺』(-70) リース『虎はずっとかっこよい』 ブッカー賞創設 川端康成、ノーベル文学賞受賞	東大紛争 (-69) 3 億円事件	プラハの春 (-70) キング牧師暗殺 イタイイタイ病、公害病認定 ロバート・ケネディ暗殺
1969	五木寛之『青春の門』(-) ナイポール『エル・ドラドの喪失』 ファウルズ『フランス軍中尉の女』	東名高速道路全区間開通 クイーン・エリザベス 2 世号就航 原子力船むつ進水式 アポロ 11 号月着陸	ニクスン、米第 37 代大統領就任 (-74)
1970	グラス『自明のことについて』 三島由紀夫『天人五衰』 森崎和江『ははのくにとの幻想婚』	日本万国博覧会 よど号ハイジャック ビートルズ解散 植村直己、マッキンリー単独初登頂 ソニー、ニューヨーク証券取引所上場	ソ連・西独武力不行使条約
1971	ナイポール『自由の国にて』 フォースター『モーリス』	世界経済フォーラム設立 アスワンダム開通 マクドナルド日本 1 号店開店 円変動制移行 NHK 全放送カラー化	ジャン=クロード・デュヴァリエ、ハイチ第 41 代大統領就任 (-86)
1972	大江健三郎『空の怪物アグイー』 グラス『蝸牛の日記から』 ハントケ『長い別れを告げる短い手紙』	札幌オリンピック 連合赤軍あさま山荘事件 高松塚古墳発掘 日本赤軍乱射事件 英ポンド変動制移行 ミュンヘンオリンピック	沖縄返還 田中角栄「日本列島改造論」 ウォーターゲート事件 (-74) 日中国交正常化 東西独相互承認
1973	エンデ『モモ』 グリーン『名誉領事』	中沢啓治『はだしのゲン』(-85) NHK ホール落成	ロー対ウェイド事件 金大中事件 東西独国際連合加盟承認

		広島・長崎に白血病患者出始める 経団連設立 日本商工会議所設立	東京裁判 (-48) 吉田茂、第 45 代首相就任 (-47) 農地改革法 (日) 六三三四教育制度発表 (日) (12 月) 北朝鮮引揚船佐世保入港 マルティニーク、仏海外県となる
1949	オーウェル『1984』 川端康成『山の音』(-54) グリーン『第三の男』 三島由紀夫『仮面の告白』	下山事件 三鷹事件 松川事件 東京映画配給株式会社設立 (→ 51 東映) 湯川秀樹、ノーベル物理学賞受賞	国立学校設置法 (-2004) NATO 設立 ドイツ分離 (-90) 中華人民共和国成立 インドネシア独立
1950	井上靖『闘牛』 大岡昇平『武蔵野夫人』	サントリー・オールド発売 第 1 回 F1GP 住宅金融公庫設立 (-2007) 金閣寺焼失 シュルツ『ピーナッツ』(-2000)	朝鮮戦争 (-53) マッカーシズム 池田隼人、「貧乏人は麦を食え」発言 地方公務員法
1955	石原慎太郎『太陽の季節』 遠藤周作『白い人・黄色い人』 グリーン『負けたものが皆貰う』『おとなしいアメリカ人』 トールキン『王の帰還』	『広辞苑』刊行 ディズニーランド開園 第 1 回原水爆禁止世界大会 長崎平和祈念像除幕式 日、GATT 加盟	西独、主権完全回復宣言 バンドン会議 ワルシャワ条約機構設立 (-91) ベトナム戦争 (-75) 公民権運動盛んになる 西独、再軍備
1956	谷崎潤一郎『鍵』 三島由紀夫『金閣寺』	水俣病第 1 号患者公認 第 1 回世界柔道選手権大会 国際金融公社 (IFC) 設立	東独、ワルシャワ条約機構加盟 万国著作権条約 日ソ共同宣言 第二次中東戦争 日、国連加盟
1957	遠藤周作『海と毒薬』 ナイポール『神秘の指圧師』 マードッホ『砂の城』 三島由紀夫『美徳のよろめき』	日本南極越冬隊、南極大陸初上陸 チャタレー裁判、被告人有罪確定 西独でサリドマイド販売 (-61) スプートニク 1 号打ち上げ	砂川事件 マレーシア、ガーナ独立 フランソワ・デュバリエ、ハイチ第 40 代大統領就任 (-71)
1961	グラス『猫と鼠』 谷崎潤一郎『瘋癲老人日記』(-62) ナイポール『ビスワス氏の家』	大阪環状線全通 第 1 次西成暴動 三船敏郎、ヴェネツィア国際映画祭最優秀男優賞受賞 OECD 設立 『放浪記』初演	ケネディ、米第 35 代大統領就任 (-63) アイヒマン裁判 ウィーン会談 農業基本法 (-99、日) クウェート、カメルーン、シエラレオネ独立 ベルリンの壁建設 (-89)
1962	司馬遼太郎『燃えよ剣』(-64)『竜馬がゆく』(-66) ナイポール『中間航路』 バージェス『時計仕掛けのオレ	東京都人口、1,000 万突破 後楽園ホール開場 シアトル万国博覧会 ビートルズ、デビュー	東独、徴兵制復活 東独市民 12 人、西ベルリンへ脱出 ジャマイカ、トリニダード・トバゴ

			SS 結成
1926	川端康成『伊豆の踊子』	ルフトハンザ設立 ダイムラー・ベンツ設立 NHK 設立 ボルボ設立	独、国際連盟加入 英帝国会議 カナダ独立 昭和天皇即位 (-89)
1929	小林多喜二『蟹工船』 レマルク『西部戦線異状なし』 マン、ノーベル文学賞受賞	阪急百貨店開店 ウォール・ストリート大暴落	フーヴァー、米第 32 代大統領就任 (-33)
1933	オーウェル『パリ・ロンドン放浪記』 尾崎士郎『人生劇場』(-62, 未完) 谷崎潤一郎『陰翳礼讃』(-34)	ショー来日 ユナイテッド航空機チェスタートン爆破事件	ヒトラー、独第 15 代首相就任 (-45) 独国会議事堂放火 ルーズヴェルト、米第 32 代大統領就任 (-45) 全権委任法 (独) 日、国際連盟脱退 滝川事件 独、国際連盟脱退
1934	オーウェル『ビルマの日々』 グリーン『ここは戦場だ』 ヒルトン『チップス先生さようなら』 リース『暗闇の中の航海』	東京宝塚劇場開場 藤原歌劇団第 1 回公演 日本=フィリピン間無線電話開通	ドイツ・ポーランド不可侵条約 帝人事件
1937	井伏鱒二『ジョン萬次郎漂流記』 ウルフ『歳月』 永井荷風『墨東奇譚』 山本有三『路傍の石』(-40, 未完)	三菱地所設立 パリ万国博覧会 トヨタ自動車設立 文学座結成 松竹株式会社設立	日中戦争 (-45) 退廃芸術展 伊、国際連盟脱退 人民戦線事件 (-38)
1938	グリーン『ブライトン・ロック』 ハーストン『わが馬よ、語れ』	岡田嘉子、ソ連に亡命 立正佼成会創立 阪神大水害	ヒトラー・ユーゲント来日 ミュンヘン会談 ユダヤ人迫害開始 (独)
1939	グリーン『密使』 ジョイス『フィネガンズ・ウェイク』	ラガーディア空港開港 アル・カポネ釈放 『風と共に去りぬ』ワールドプレミア	ノモンハン事件 独ソ不可侵条約 第二次世界大戦 (-45, 太平洋戦争 41-45)
1945	ウォー『ブライズヘッドふたたび』 オーウェル『動物農場』 太宰治『パンドラの匣』(-46)	鎌倉文庫設立 (-48) 花岡事件 光文社、角川書店設立 IMF 設立	トルーマン、米第 33 代大統領就任 (-53) 広島・長崎原爆投下 シベリア抑留 GHQ 設置 (-52) 国際連合設立 ニュルンベルク裁判 (-46) 米ソ冷戦 (-89) 男女普通選挙権獲得 (日) 労働組合法 (日)
1946	太宰治『冬の花火』 山手樹一郎『桃太郎侍』 横溝正史『本陣殺人事件』 ヘッセ、ノーベル文学賞受賞	学習研究社設立 ひめゆりの塔建設 長谷川町子『サザエさん』(-74) 経済同友会設立	第 1 回国連安全保障理事会 公職追放令 (-52、日) (3 月) 台湾と南朝鮮から引き揚げ開始 (4 月) 満州引揚船博多入港

	ヘッセ『春の嵐』 森鴎外『青年』 リルケ『マルテの手記』		
1912	夏目漱石『彼岸過迄』『行人』 マン『ヴェニスに死す』	スコット隊、南極点到達 タイタニック号沈没 夕張炭鉱爆発事故 ストックホルムオリンピック（日初参加） 乃木希典殉死	アフリカ民族会議設立 大正天皇即位 (-26) バルカン戦争 (-13) 第1回憲政擁護大会
1914	阿部次郎『三太郎の日記』(-15) ジョイス『ダブリンの人々』 夏目漱石『こころ』	東京駅落成 平凡社設立 パナマ運河開通	シーメンス事件 第一次世界大戦 (-18) 英、エジプトを保護国化
1915	芥川龍之介『羅生門』 ウルフ『船出』 カフカ『変身』 夏目漱石『道草』 ヘッセ『漂泊の魂』 モーム『人間の絆』 森鴎外『山椒大夫』『最後の一句』 ロレンス『虹』	サンディエゴ計画 レオ・フランク事件 アインシュタイン、一般相対性理論発表	米、ハイチ占領
1916	芥川龍之介『鼻』 河上肇『貧乏物語』 ジョイス『若き芸術家の肖像』 夏目漱石『明暗』 ヘッセ『青春は美わし』 森鴎外『高瀬舟』	ボーイング設立 サンガー、家族計画と産児制限のための診療所開設 盲導犬育成開始（独）	イースター蜂起 ラスプーチン暗殺
1919	有島武郎『或る女』 菊池寛『恩讐の彼方に』 島崎藤村『新生』 ヘッセ『デミアン』 モーム『月と六ペンス』		独労働者党結成 コミンテルン創立 (-43) 関東軍設置 ワイマール憲法 アフガニスタン独立
1921	志賀直哉『暗夜行路』(-37) 国際ペンクラブ設立	シャネル No.5 発売 大塚製薬工場設立	原敬暗殺 ワシントン会議 (-22)
1922	芥川龍之介『藪の中』 ウルフ『ジェイコブの部屋』 ジョイス『ユリシーズ』 ヘッセ『シッダールタ』	『リーダーズ・ダイジェスト』創刊 BBC 設立 アインシュタイン来日	エジプト独立宣言 アイルランド内戦 (-23) 日本共産党結成 ソ連成立 (-91)
1924	谷崎潤一郎『痴人の愛』(-25) フォースター『インドへの道』 マン『魔の山』 宮沢賢治『春と修羅』(-28)		モンゴル人民共和国成立 (-92)
1925	ウルフ『ダロウェイ夫人』 梶井基次郎『檸檬』 カフカ『審判』 ショー、ノーベル文学賞受賞	東京放送局、ラジオ放送開始 新橋演舞場開場 クライスラー設立 KKK 第1回大会 故宮博物院設立 東京帝大地震研究所設立 細井和喜蔵『女工哀史』	日ソ基本条約 治安維持法 (-45) ヒンデンブルク、独第2代大統領就任 (-34) 普通選挙法（日） ジュネーヴ議定書 ヒトラー『我が闘争』

		東京女医学校創立（→ 50 東京女子医科大学）	官に拡大
1901	キプリング『キム』 夏目漱石『倫敦消息』 バトラー『エレウォン』 マン『ブッデンブローク家の人々』 与謝野晶子『みだれ髪』	官営八幡製鉄所操業 ノーベル賞設立 マルコーニ、大西洋横断無線通信成功	オーストラリア独立 エドワード七世即位 (-10)
1904	コンラッド『ノストロモ』 ジェイムズ『金色の杯』 L・ハーン『怪談』 ヘッセ『郷愁』 与謝野晶子『君死に給ふこと勿れ』	パナマ運河起工 国際サッカー連盟設立 シベリア鉄道全線開通 ニューヨーク市地下鉄開業 ヴェーバー『プロテスタンティズムの倫理と資本主義の精神』(-05)	鉄道軍事供用令（日） 日露戦争 (-05) 日韓条約
1905	ディルタイ『体験と創作』 ドイル『シャーロック・ホームズの帰還』 夏目漱石『吾輩は猫である』(-06)『倫敦塔』	アインシュタイン、特殊相対性理論発表 YWCA 設立（日）	第一次モロッコ事件 科挙廃止 在英日本大使館設置
1906	キプリング『プークが丘の妖精パック』 島崎藤村『破戒』 夏目漱石『坊ちゃん』『草枕』『二百十日』 ヘッセ『車輪の下』	島村抱月、文芸協会設立 (-13) ミラノ万国博覧会 新宿御苑開園	アルヘシラス会議 鉄道国有法 (-87)
1907	コンラッド『密偵』 田山花袋『蒲団』 夏目漱石『野分』『虞美人草』『文学論』 フォースター『果てしなき旅』 キプリング、ノーベル文学賞受賞	日清紡績、麒麟麦酒設立 寿屋（サントリー）、赤玉ポートワイン発売 東北帝国大学創立	日仏協約 (-41) 日露協約 (-17) ニュージーランド、自治領になる 北埔事件
1908	島崎藤村『春』 永井荷風『あめりか物語』 夏目漱石『坑夫』『三四郎』『夢十夜』 フォースター『眺めのいい部屋』	ロンドンオリンピック GM 設立 フォード・モデル T 発売開始	日米紳士協約（米への新規移民禁止） 赤旗事件 FBI 設立 デイリー・テレグラフ事件 愛新覚羅溥儀即位 (-12, 17)
1909	ウェルズ『トーノ・バンゲイ』 北原白秋『邪宗門』 永井荷風『ふらんす物語』 夏目漱石『それから』『文学評論』『永日小品』 森鴎外『ヰタ・セクスアリス』	全米黒人地位向上協会設立 味の素発売 国技館開館 自由劇場第 1 回公演 赤坂離宮建設	独仏協定 代々木練兵場設置 伊藤博文暗殺 米海軍、真珠湾に基地建設
1910	ディルタイ『精神科学における歴史的世界の構成』 夏目漱石『門』 フォースター『ハワーズ・エンド』	日英博覧会	幸徳事件 南ア連邦独立 韓国併合 メキシコ革命 (-20) ジョージ五世即位 (-36)

		場 全米ライフル協会設立	ウィルヘルム一世即位 (-88) 廃藩置県 国費留学生派遣開始
1873	ケラー『ゼルトウィーラの人々』(第2巻、-75) ニーチェ『反時代的考察』(-76)	郵便料金全国統一 (日) ウィーン万国博覧会 大不況 (-96、英)	征韓論政変
1877	ケラー『チューリヒ短編小説集』 ジェイムズ『アメリカ人』	東京大学創立 第1回ウィンブルドン選手権 『ワシントン・ポスト』創刊	ヴィクトリア女王、インド女帝即位 (-1901) 西南戦争
1879	ケラー『緑のハインリヒ』(第2稿、-80) メレディス『エゴイスト』	『朝日新聞』創刊 横浜正金銀行設立 東京海上保険設立	ズールー戦争 教育令公布 (日) 官費留学対象者を東大卒業生に拡大 独墺同盟調印
1881	スティーヴンスン『宝島』(-82) ケラー『寓詩物語』	三省堂創業 ベルリンで電気路面電車走行 東京職工学校 (→ 1929 東京工業大学)、東京物理学講習所 (→ 1949 東京理科大学) 創立 日本鉄道設立	憲兵設置 (日) 既婚女性財産法 (英)
1883	ディルタイ『精神科学序説』(第1巻) ニーチェ『ツァラトゥストラはかく語りき』(-85)	東京電燈会社設立 東京気象台、天気図作成 三池炭鉱、高島炭鉱で暴動 オリエント急行開通 鹿鳴館開館 (-1940)	叙勲条令 (日) 『官報』第1号発行
1886	ギッシング『民衆』 ケラー『マルティン・ザーランダー』 スティーヴンスン『ジキル博士とハイド氏』 ハーディ『キャスタブリッジの町長』『森林地の人々』(-87) 二葉亭四迷『小説総論』 物集高見『言文一致』	ベンツ、ガソリン自動車特許取得 コカ・コーラ販売開始 自由の女神像完成 東京大学、東京帝国大学に改称 第一高等中学校設立 (→ 94 第一高等学校)	帝国大学令 小学校令・中学校令・師範学校令 第1回条約改正会議 (日) 万国赤十字条約加入 (日) アフリカ分割 (英独)
1890	ドイル『四つの署名』 L・ハーン『仏領西インドの二年間』『ユーマ』 森鴎外『舞姫』『うたかたの記』 ワイルド『ドリアン・グレイの肖像』	ハーン来日 第1回国際メーデー 帝国ホテル開業	ローデシア併合 第1回衆議院議員総選挙 第1回帝国議会 (日)
1894	高山樗牛『滝口入道』 樋口一葉『大つごもり』	タワーブリッジ開通 北里柴三郎、腺ペスト菌発見	日英通商航海条約 (-1941) 日清戦争 (-95)
1900	井上円了『漢字不可廃論』 ディルタイ『解釈学の成立』 夏目漱石、イギリス留学 (-02)	パリ万国博覧会 東京電気鉄道設立 パリ地下鉄開通 女子英学塾創立 (→ 48 津田塾大学)	治安警察法 (-45) 労働代表委員会結成 (→ 06 労働党、英) 義和団の乱 (-01) 官費留学対象者を高等学校教

	シュティフター『石さまざま』 C・ブロンテ『ヴィレット』		
1854	ケラー『緑のハインリヒ』（初稿、-55) ディケンズ『ハード・タイムズ』	ロンドンでコレラ流行	日英和親条約
1855	ディケンズ『リトル・ドリット』(-57)	安政大地震	
1857	サッカレー『ヴァージニアの人々』(-59) シュティフター『晩夏』 トロロープ『バーチェスター・タワーズ』 ヒューズ『トム・ブラウンの学校時代』	ミレー『落穂拾い』『晩鐘』	インド大反乱 (-58) ユタ戦争 (-58)
1859	エリオット『アダム・ビード』 スマイルズ『自助論』 ディケンズ『二都物語』 ミル『自由論』 メレディス『リチャード・フェヴァレルの試練』	スコットランド国立美術館開館 ロイヤル・アルバート・ブリッジ開通 ビッグ・ベン完成 ダーウィン『種の起源』	横浜港開港
1860	エリオット『フロス川の水車』 ディケンズ『大いなる遺産』(-61)		バーブーダ島、アンティーガ島併合 桜田門外の変 米南部諸州、合衆国離脱宣言
1861	エリオット『サイラス・マーナー』	メイヒュー『ロンドンの労働とロンドンの貧民』(-62) クルックス、タリウム発見	南北戦争 (-65) リンカーン、米第 16 代大統領就任 (-65) 農奴解放令（露） 衆議院総選挙（普）
1862	エリオット『ロモラ』(-63)	ロンドン万国博覧会	生麦事件 鉄血演説（普）
1865	キャロル『不思議の国のアリス』 シュティフター『ヴィティコー』(-67)	メンデル、遺伝の法則発表 ワーグナー『トリスタンとイゾルデ』初演	リンカーン暗殺
1866	エリオット『フィーリックス・ホルト』	ノーベル、ダイナマイト発明	普墺戦争 第二次長州征討 ドイツ連邦解体
1867	アーノルド『教養と無秩序』(-68) トロロープ『バーセットシャー最後の年代記』	パリ万国博覧会 マルクス『資本論第一部』	カナダ、自治領になる 選挙法改正（英） 大政奉還
1868	コリンズ『月長石』		五箇条の御誓文 明治天皇即位 (-1912)
1870	ディケンズ『エドウィン・ドルードの謎』（未完） ディルタイ『シュライアーマッハーの生涯』 メレディス『ハリー・リッチモンドの冒険』	東京=横浜間電信開通	普仏戦争 (-71) 苗字許可令（日） 兵制統一（日） 海外留学生規則（日） 義務教育導入（英）
1871	エリオット『ミドルマーチ』(-72)	ロイヤル・アルバート・ホール開	ドイツ帝国成立

年　表

年	文学・演劇・メディア	経済・社会・科学・文化	政治・法律
1210?	エッシェンバッハ『パルツィヴァール』		オスマン帝国成立 (-1922)
1669	グリンメルスハウゼン『ジンプリツィシムスの冒険』		
1762	ルソー『エミール』		エカテリーナ二世即位 (-96)
1766	ヴィーラント『アガトン物語』(-67)	キャヴェンディッシュ、水素発見	
1774	ゲーテ『若きウェルテルの悩み』	プリーストリ、酸素発見 前野良沢、杉田玄白『解体新書』	第一次大陸会議（米）
1781	カント『純粋理性批判』（第１版） ペスタロッチ『リーンハルトとゲルトルート』(-87)	ハーシェル、天王星発見	
1785	モーリッツ『アントン・ライザー』(-90)	『タイムズ』創刊 ラヴォアジエ、水の合成成功	
1791		ブランデンブルク門竣工	ハイチ革命 (-1804)
1795	ゲーテ『ヴィルヘルム・マイスターの修業時代』(-96)		総裁政府樹立（仏）
1804		ハーディング、ジュノー発見	ハイチ独立 オーストリア帝国成立 (-67) ナポレオン、皇帝即位 (-14)
1808	ゲーテ『ファウスト第一部』	ベートーヴェン『交響曲第５番』『交響曲第６番』初演	フェートン号事件 スペイン独立戦争 (-14)
1821	ゲーテ『ヴィルヘルム・マイスターの遍歴時代』(-29)	伊能忠敬『大日本沿海輿地全図』	ギリシャ独立戦争 (-29) メキシコ独立
1837	ディケンズ『オリヴァー・トゥイスト』(-39)		ヴィクトリア女王即位 (-1901)
1838	ディケンズ『ニコラス・ニクルビー』(-39)		人民憲章（英）
1843	ディケンズ『マーティン・チャズルウィット』(-44)『クリスマス・キャロル』	ネルソン記念柱完成	
1847	サッカレー『虚栄の市』(-48) C・ブロンテ『ジェイン・エア』 E・ブロンテ『嵐が丘』		リベリア独立
1848	ギャスケル『メアリ・バートン』 サッカレー『ペンデニス』(-50)	カリフォルニア州でゴールド・ラッシュ マルクス、エンゲルス『共産党宣言』 ウォータルー駅開業	第二次シーク戦争 (-49) 諸国民の春 (-49) フランクフルト国民議会 (-49)
1849	ディケンズ『デイヴィッド・コパフィールド』(-50)	ドストエフスキーに死刑判決（後シベリア流刑に減刑）	
1853	ケラー『ゼルトウィーラの人々』（第１巻、-55）	ワシントン大学創立	クリミア戦争 (-56) ペリー、浦賀に来航

1979) 152, 159–60, 166–67, 179–80, 183–84, 190–202, 210–11, 214
『お願い、笑って』(*Smile Please*, 1979) 194
『暗闇の中の航海』(*Voyage in the Dark*, 1934) 197–99, 210
『サルガッソーの広い海』(*Wide Sargasso Sea*, 1966) 159–60, 166–67, 179, 183, 193, 204, 210, 214
ルソー, ジャン=ジャック (Jean-Jacques Rousseau, 1712–78) 11
『エミール』(*Émile oder Über die Erziehung*, 1762) 11
ルーンバ, アーニャ (Ania Loomba, 1955–) 179, 186
ロラン, ロマン (Romain Rolland, 1866–1944) 5
ローリング, J. K. (J. K. Rowling, 1965–) 116–17, 120, 131
『ハリー・ポッターとアズカバンの囚人』(*Harry Potter and the Prisoner of Azkaban*, 1999) 119, 126–29, 131
『ハリー・ポッターと賢者の石』(*Harry Potter and the Philosopher's Stone*, 1997) 116, 119, 120–24, 126, 131, 138
『ハリー・ポッターと死の秘宝』(*Harry Potter and the Deathly Hallows*, 2007) 140–45
『ハリー・ポッターと謎のプリンス』(*Harry Potter and the Half-Blood Prince*, 2005) 131, 138–40
『ハリー・ポッターと呪いの子』(*Harry Potter and the Cursed Child*, 2016) 116, 119, 145
『ハリー・ポッターと秘密の部屋』(*Harry Potter and the Chamber of Secrets*, 1998) 119, 123–26, 131, 142
『ハリー・ポッターと不死鳥の騎士団』(*Harry Potter and the Order of the Phoenix*, 2003) 131, 133–38
『ハリー・ポッターと炎のゴブレット』(*Harry Potter and the Goblet of Fire*, 2000) 131–33, 136
ロンドン漱石博物館 (Soseki Museum in London, 1984–2016) 79–80

渡辺春渓 (Shunkei Watanabe, 本名伝右衛門 , 1879–1958) 95, 98
「漱石先生のロンドン生活」(1974) 95

Brontë, 1816–55) 159
『ジェイン・エア』(*Jane Eyre*, 1847) 120, 159–61
フンボルト, アレクサンダー・フォン (Alexander von Humboldt, 1769–1859) 16
ペスタロッチ, ヨーハン・ハインリヒ (Johann Heinrich Pestalozzi, 1746–1827) 11
『リーンハルトとゲルトルート』(*Lienhard und Gertrud*, 1781–87) 11
ヘッセ, ヘルマン (Hermann Hesse, 1877–1962) 4, 21
『ガラス玉遊戯』(*Das Glasperlenspiel*, 1943) 4, 21
ヘメンウェイ, ロバート・E(Robert. E. Hemenway, 1941–2015) 157, 183
ヘルダー, ヨーハン・ゴットフリート (Johann Gottfried Herder, 1744–1803) 16
ヘルダーリン, フリードリヒ (Friedrich Hölderlin, 1770–1843) 61
本田靖春 (Yasuharu Honda, 1933–2004) 202–03, 215–16

マ

正岡子規 (Shiki Masaoka, 1867–1902) 80
マン, トーマス (Thomas Mann, 1875–1955) 4–5, 21, 36
『魔の山』(*Der Zauberberg*, 1924) 4, 6, 36, 55–57, 62, 66–68
『ファウスト博士』(*Doktor Faustus*, 1947) 21
美内すずえ (Suzue Miuchi, 1951–) 224, 226
『ガラスの仮面』(1976–) 224–27
三木卓 (Taku Miki, 1935–) 202–03
美濃部達吉 (Tatsukichi Minobe, 1873–1948) 87
ミンツ, シドニー・W (Sidney W. Mintz, 1922–2015) 154, 182
明治維新 (The Meiji Restoration, 1868) 81, 83, 102, 111
メレディス, ジョージ (George Meredith, 1828–1909) 81
モーリッツ, カール・フィリップ (Karl Philipp Moritz, 1756–93) 6
『アントン・ライザー』(*Anton Reiser*, 1785–90) 6
森崎和江 (Kazue Morisaki, 1927–) 191–92, 202–11, 216–17
『こだまひびく山河の中へ』(1986) 207, 217
『慶州は母の呼び声』(1984) 206, 210, 217
『ははのくにとの幻想婚』(1970) 217
「朝鮮断章・1 ──わたしのかお──」203, 216–17
「朝鮮断章・2 ──土堀──」217

ヤラワ

山本有三 (Yuzo Yamamoto, 1887–1974) 24, 223
『路傍の石』(1937–40) 24, 223

ライマン, ブリギッテ (Brigitte Reimann, 1933–73) 26
『フランツィスカ・リンカーハント』(*Franziska Linkerhand*, 1974) 26
リース, ジーン (Jean Rhys, 1890–

『それから』(*And Then*, 1909) 78
『二百十日』(*The 210th Day*, 1906) 99
『文学論』(1907) 98–99
『坊っちゃん』(*Botchan*, 1906) 78, 99–103, 108, 111
『門』(*The Gate*, 1910) 78
『夢十夜』(*Ten Nights of Dreams*, 1908) 78
『倫敦消息』(1901) 80–81, 93, 99
『倫敦塔』(*The Tower of London*, 1905) 87
『吾輩は猫である』(*I Am a Cat*, 1905–06) 78, 98
西加奈子 (Kanako Nishi, 1977–) 24
『サラバ！』(2014) 24, 224
西川長夫 (Nagao Nishikawa, 1934–2013) 212–13
『植民地主義の時代を生きて』(2013) 213
日露戦争 (The Russo-Japanese War, 1904–05) 106
日清戦争 (The First Sino-Japanese War, 1894–95) 80

ハ

パウル, ジャン (Jean Paul, 1763–1825) 8
『巨人』(*Titan*, 1800–03) 8
『生意気盛り』(*Flegeljahre*, 1804–05) 8
ハーストン, ゾラ・ニール (Zora Neale Hurston, 1891–1960) 154–57
『わが馬よ、語れ (ヴードゥーの神々)』(*Tell My Horse*, 1938) 154
ハーン, ウラ (Ulla Hahn, 1945–) 6, 26
『隠された言葉』(*Das verborgene Wort*, 2001) 6, 26
『出発』(*Aufbruch*, 2009) 26
『時代の戯れ』(*Spiel der Zeit*, 2014) 26
『私たちは期待されている』(*Wir werden erwartet*, 2017) 26
ハーン, ラフカディオ (Lafcadio Hearn, 1850–1904) 150–53, 155–56, 181, 195–96, 205, 214
『ユーマ』(*Youma*, 1889) 195, 205, 214
『仏領西インドの二年間』(*Two Years in the French West Indies*, 1890) 150, 181
「魔女」(“La Guiablesse”) 150, 181
芳賀矢一 (Yaichi Haga, 1867–1927) 83
白人クレオール (White Creole) 152, 159, 164–67, 190–01, 193–98, 201, 204, 215
ハントケ, ペーター (Peter Handke, 1942–) 6
『長い別れを告げる短い手紙』(*Der kurze Brief zum langen Abschied*, 1972) 6
平塚らいてう (Raicho Hiratsuka, 1886–1971) 108
フィヒテ, ヨーハン・ゴットリープ (Johann Gottlieb Fichte, 1762–1814) 16
藤代禎輔 (Teisuke Fujishiro, 1868–1927) 83, 97
ブルーメンバッハ, ヨーハン・フリードリヒ (Johann Friedrich Blumenbach, 1752–1840) 16
ブロンテ, シャーロット (Charlotte

れぞれの記憶よ、語れ）』(*Create Dangerously*, 2010) 176, 185–86
『息吹、まなざし、記憶』(*Breath, Eyes, Memory*, 1994) 169, 171, 176–79, 185
デイヴィス，ウェイド (Wade Davis, 1953–) 153, 157–58, 183
『ゾンビ伝説』(*Passage of Darkness*, 1988) 158
『蛇と虹』(*The Serpent and the Rainbow*, 1985) 158, 182
ディケンズ，チャールズ (Charles Dickens, 1812–70) 81–82, 99–101, 107, 110–11, 118
『大いなる遺産』(*Great Expectations*, 1860–61) 82, 101, 107
『デイヴィッド・コパフィールド』(*David Copperfield*, 1849–50) 101, 120, 222–23
『ニコラス・ニクルビー』(*Nicholas Nickleby*, 1838–39) 100
『二都物語』(*A Tale of Two Cities*, 1859) 99
『マーティン・チャズルウィット』(*Martin Chuzzlewit*, 1843–44) 99
『リトル・ドリット』(*Little Dorrit*, 1855–57) 99–100
ディルタイ，ヴィルヘルム (Wilhelm Dilthey, 1833–1911) 6–10, 21–22, 25, 37, 39, 61–62
『シュライアーマッハーの生涯』(*Leben Schleiermachers*, 1870) 7–8
『体験と創作』(*Das Erlebnis und die Dichtung*, 1905) 7–9, 61
デュヴァリエ，ジャン=クロード（ベベ・ドック）(Jean-Claude Duvalier, 1951–2014) 168, 176
デュヴァリエ，フランソワ（パパ・ドック）(François Duvalier, 1907–71) 168, 176–77
土井晩翠 (Bansui Doi, 1871–1952) 96
「漱石さんのロンドンにおけるエピソード」(1928) 96
トントン・マクート (Tonton Macoute) 174, 177
マクート (Macoute) 173–74

ナ

長尾半平 (Hampei Nagao, 1865–1936) 87–91, 98
「ロンドン時代の夏目さん」(1928) 88
夏目鏡子 (Kyoko Natsume, 1877–1963) 78, 84, 87, 96
『漱石の思ひ出』(1928) 78
夏目漱石 (Soseki Natsume, 1867–1916) 78–99, 102–05, 108, 110–12
『永日小品』(*Spring Miscellany*, 1909) 90
「過去の臭ひ」(“Odor of the Past”) 90–91
「下宿」(“The Boarding House”) 90–91
『草枕』(*The Three-Cornered World*, 1906) 102
『坑夫』(*The Miner*, 1908) 111
『こころ』(*Kokoro*, 1914) 78
『三四郎』(*Sanshiro*, 1908) 78, 82, 103–11, 223
「自転車日記」(1903) 96
「処女作追懐談」(1908) 95

グリンメルスハウゼン, ハンス・ヤーコプ・クリストッフェル (Hans Jakob Christoffel Grimmelshausen, 1622?–76) 3–4, 12
『ジンプリツィシムスの冒険』(*Das abenteuerliche Simplicissimus*, 1669) 3–4, 12
クレイグ, ウィリアム (William James Craig, 1843–1906) 86–87, 95, 97
ゲーテ, ヨーハン・ヴォルフガング (Johann Wolfgang Goethe, 1749–1832) 4–5, 7, 11–12, 16, 21–23, 36–37, 61
『ヴィルヘルム・マイスターの修業時代』(*Wilhelm Meisters Lehrjahre*, 1795–96) 5, 8–10, 36–39, 42–44, 49, 54, 62, 64–65, 67, 222, 227
『ヴィルヘルム・マイスターの遍歴時代』(*Wilhelm Meisters Wanderjahre*, 1821) 27, 40, 222, 227
ケラー, ゴットフリート (Gottfried Keller, 1819–90) 4–6, 36, 54
『緑のハインリヒ』（初稿）(*Der grüne Heinrich* [*Erste Fassung*], 1854–55) 4, 6, 64
『緑のハインリヒ』（第二稿）(*Der grüne Heinrich* [*Zweite Fassung*], 1879–80) 4–6, 36, 48, 62, 64–65
後藤新平 (Shimpei Goto, 1857–1929) 89

サ

サッカレー, ウィリアム・メイクピース (William Makepeace Thackeray, 1811–63) 100
シェイクスピア, ウィリアム (William Shakespeare, 1564–1616) 81, 86
志賀直哉 (Naoya Shiga, 1883–1971) 24
『暗夜行路』(*A Dark Night's Passing*, 1921–37) 24
時雨沢恵一 (Keiichi Shiguresawa, 1972–) 27
『キノの旅』(2000–) 27
シュティフター, アーダルベルト (Adalbert Stifter, 1805–68) 4, 36, 68
『晩夏』(*Der Nachsommer*, 1857) 4, 36, 42–44, 48–49, 62, 64, 66–68
ショーペンハウアー, アルトゥル (Arthur Schopenhauer, 1788–1860) 104
シラー, フリードリヒ (Friedrich Schiller, 1759–1805) 16
スローター, ジョゼフ・R(Joseph R. Slaughter) 218
ゾンビ (Zombie) 150–61, 166–69, 177–79, 181

タ

大政奉還 (1867) 83
第二次世界大戦 (World War II, 1939–45) 135
高山樗牛 (Chogyu Takayama, 1871–1902) 83
ダンティカ（ダンティカット）, エドウィージ (Edwidge Danticat, 1969) 152, 167–69, 171, 176–80, 184–86
『アフター・ザ・ダンス』(*After the Dance*, 2002) 177, 186
『危険を冒して創作せよ（地震以前の私たち、地震以後の私たち／そ

索 引

＊日本の文学作品で英訳が出版されているものは括弧内に併記した。

ア

あだち充 (Mitsuru Adachi, 1951–) 28
　『タッチ』(1981–86) 28–29
池田菊苗 (Kikunae Ikeda, 1864–1936) 94
五木寛之 (Hiroyuki Itsuki, 1932–) 24, 223
　『青春の門』(1969–) 24, 223–24
井上靖 (Yasushi Inoue, 1907–91) 223
　『北の海』(1968–69) 223
　『夏草冬濤』(1964–65) 223
イプセン, ヘンリック (Henrik Johan Ibsen, 1828–1906) 108
ヴィーラント, クリストフ・マルティン (Christoph Martin Wieland, 1733–1813) 4, 12, 37
　『アガトン物語』(*Die Geschichte des Agathon*, 1766–67) 4, 12, 37
ヴィクトリア女王 (Queen Victoria, 1819–1901, 在位 1837–1901) 92
ヴォドゥ (Vodou, Vodun) 153–54, 157–58, 167–70, 177, 179, 182–83
　ヴードゥー (Voodoo) 153, 158, 161–62, 182–83
ヴォルフ, クリスタ (Christa Wolf, 1929–2011) 25
　『クリスタ・T の追想』(*Nachdenken über Christa T.*, 1968) 26
エッシェンバッハ, ヴォルフラム・フォン (Wolfram von Eschenbach, 1170?–1220?) 3, 12
　『パルツィヴァール』(*Parzival*, 1210?) 3, 4, 12
エツダマー, エミーネ・セヴギ (Emine Sevgi Özdamar, 1946–) 26
江藤淳 (Jun Eto, 1932–99) 83–84
エリオット, ジョージ (George Eliot, 1819–80) 99
オービア (Obeah) 159, 161–67, 183–84
尾崎士郎 (Shiro Ozaki, 1898–1964) 223
　『人生劇場』(1933–62) 223–24

カ

狩野亨吉 (Kokichi Kano, 1865–1942) 86
カラ, ヤデ (Yadé Kara, 1965–) 26
カント, イマヌエル (Immanuel Kant, 1724–1804) 16, 104
北杜夫 (Morio Kita, 1927–2011) 104
　『どくとるマンボウ青春記』(1968) 104
教養小説 (Bildungsroman) 2, 3, 5–15, 18–30, 36–39, 42–44, 48–49, 61, 63, 65–66, 69–71, 82, 119–20, 179–80, 218, 221–24, 227
　ポストコロニアル（的）教養小説 (Postcolonial Bildungsroman(e)) 26, 218
近代／近代化 (modern, modernization) 80, 82–83, 98, 102, 106, 108, 110–12, 221–22

執筆者紹介

杉浦　清文（すぎうら　きよふみ）

中京大学准教授。専門は英語圏文学、比較文学。共著に『土着と近代――グローカルの大洋を行く英語圏文学』（音羽書房鶴見書店、2015）、『戦後史再考――「歴史の裂け目」をとらえる』（平凡社、2014）、『英語文学の越境――ポストコロニアル／カルチュラル・スタディーズの視点から』（英宝社、2010）など。

武井　暁子（たけい　あきこ）

中京大学教授。専門はイギリス文学。論文に "Your Completion Is So Improved: A Diagnosis of Fanny Price's 'Dis-ease'." *Eighteenth-Century Fiction* 17 (2005) など、共編著に『ヴィクトリア朝の都市化と放浪者たち』（音羽書房鶴見書店、2013）、『土着と近代――グローカルの大洋を行く英語圏文学』（共編著、音羽書房鶴見書店、2015）。

林　久博（はやし　ひさひろ）

中京大学准教授。専門はドイツ文学。論文に「『若きヴェルターの悩み』における編集者について」（『ゲーテ年鑑』第56巻、2017）、「教養小説の現状と課題」（『ドイツ文学研究』第47号、2015）、共著書に『ともに学ぶドイツ語』（白水社、2015）、『D-Popで学ぶドイツ語』（同学社、2006）など。

Bildungsroman across the Sea

中京大学文化科学叢書　第19輯
教養小説、海を渡る

2018年3月1日　初版発行

編著者　杉浦 清文
　　　　武井 暁子
　　　　林　 久博
発行者　山口 隆史
印　刷　シナノ印刷株式会社

発行所　株式会社 音羽書房鶴見書店
〒113–0033 東京都文京区本郷4–1–14
TEL 03–3814–0491
FAX 03–3814–9250
URL: http://www.otowatsurumi.com
e-mail: info@otowatsurumi.com

ISBN978-4-7553-0406-4 C3098
組版　ほんのしろ／装幀　吉成美佐（オセロ）
製本　シナノ印刷株式会社